Gustav Philipp Körner

Der Netzdistrikt

Bilder aus der Vergangenheit und Gegenwart

Gustav Philipp Körner

Der Netzdistrikt
Bilder aus der Vergangenheit und Gegenwart

ISBN/EAN: 9783743697676

Hergestellt in Europa, USA, Kanada, Australien, Japan

Cover: Foto ©Andreas Hilbeck / pixelio.de

Weitere Bücher finden Sie auf **www.hansebooks.com**

Der

Netzdistrikt.

Bilder

aus der

Vergangenheit und Gegenwart.

Bromberg.
Druck und Verlag der Gruenauer'schen Buchdruckerei (Koerner).
1868.

Die von dem Central-Verein für den Netzdistrikt veranstaltete provinzielle Ausstellung für Landwirthschaft und Gewerbe und die wiederholte dringende Aufforderung, daß die Gewerbtreibenden Brombergs sich an dem Unternehmen betheiligen möchten, hat mich veranlaßt, durch die nachfolgenden Blätter den Standpunkt zu kennzeichnen, welchen die von meinem Großvater Andreas Friedrich Gruenauer zu Anfange dieses Jahrhunderts in Bromberg begründete Buchdruckerei gegenwärtig einnimmt.

Die Leistungen der typographischen Kunst sind abhängig von den Anforderungen und Aufgaben, welche ihr gestellt werden. In kleinen Städten, wo man über das gewöhnlichste Bedürfniß nicht hinausgeht, werden die Buchdruckereien hinter den Fortschritten der Zeit zurückbleiben. Die großartigen Offizinen in Berlin und Leipzig verdanken ihren Aufschwung dem daselbst blühenden Buchhandel, der immer wachsende Ansprüche hinsichtlich der eleganten und kunstvollen typographischen Ausführung macht.

Hier bei uns hat die Königliche Direction der Ostbahn, wie vielen anderen Zweigen gewerblicher Thätigkeit, so auch der Buchdruckerei wirksame Impulse gegeben, indem sie bei ihren vielfach complicirten Druckanträgen auf eine würdige und geschmackvolle Ausstattung Werth legte.

Möchte es mir gelingen, durch den Beitrag, welchen ich der Industrie-Ausstellung Brombergs widme, den Beweis zu liefern, daß auch die Buchdruckerkunst hiesigen Orts mit den Leistungen größerer Städte concurriren kann, und daß meiner Offizin sowohl die persönlichen Kräfte wie die sachlichen Mittel zu Gebote stehen, um jedem Auftrage zu genügen.

Obwohl die Typographie nur mit der Correctheit des Druckes und mit der äußeren gefälligen Form zu thun hat, so bestimmte mich dennoch die Erwägung, daß die Ausstellung selbst ein kulturhistorisches Moment in dem Leben der Provinz Posen sei, einen solchen Stoff zu wählen, der sich unmittelbar auf die Verhältnisse unserer Stadt und unserer Provinz bezieht. Die einzelnen Abhandlungen sind daher vorwiegend geschichtlichen und statistischen Inhalts, und theils aus mir bekannten und zugänglichen Quellenschriften zusammengestellt, theils aus amtlichen und privaten Mittheilungen geschöpft.

Für die freundliche Unterstützung, welche mir bei meinem Vorhaben von mehreren Seiten zu Theil wurde, sage ich hierdurch meinen verbindlichsten Dank.

Bromberg im Mai 1868.

Gustav Koerner,
Buchdruckerei-Besitzer.

Firma: Gruenauer'sche Buchdruckerei.

Aus der Vorzeit.

Wenn auch derjenige Theil unseres deutschen Vaterlandes, dessen Leben in Vergangenheit und Gegenwart den Stoff zu den folgenden anspruchslosen Bildern liefern soll, weder durch seine Geschichte, noch durch seinen Handel und Industrie, noch endlich durch seine Naturschönheiten das Interesse der Mitwelt in so hohem Grade in Anspruch nehmen darf, wie etwa die rebenumrankten Gestade des Rheins, deren sagenverherrlichte, vom himmelblauen Wasser wiedergespiegelte Burgen als Zeugen der glänzendsten Epochen deutscher Geschichte auf das rastlose, sie befremdende Treiben zu ihren Füßen träumerisch herabsehen; — wenn demnach auch die Bilder aus seiner Vergangenheit und Gegenwart nicht die Farbenpracht der Rheinlandsberge, nicht den duftigen Hauch der Rheinsagen haben, vielmehr, dem bewölkteren Himmel und der starreren Natur des Nordens entsprechend, einen dunkleren Ton und starrere Formen annehmen, so werden doch diejenigen, für welche diese Blätter zunächst geschrieben sind, die Bewohner Brombergs und des Netzdistriktes, nicht ohne Interesse und Freude die Hauptphasen der geschichtlichen und mercantilen Entwicklung ihrer engeren Heimath in gedrängter Uebersichtlichkeit an sich vorübergehen lassen, und auch der unsrer Provinz nicht angehörige Leser wird einem Lande seine Theilnahme nicht versagen können, das aus unverdienter Bedeutungslosigkeit durch die hingebende Liebe des größten preußischen Königs zu einem frischen Leben und einer nicht gewöhnlichen Blüthe emporgehoben ist. Was diesen Bildern an Farbenpracht und Formgewandtheit abgeht, wird ihnen der belebende Zug fröhlich blühender Thätigkeit und jugendlicher Frische ersetzen müssen.

Aber noch aus einem andern Grunde wird diesen Blättern der Reiz anmuthiger Darstellung mangeln. Geschichtliche Nachrichten lassen sich, wofern sie nicht ausschließlich strenger Wissenschaft gewidmet sind, leicht in gefällige Formen gießen, die Wissenschaft aber, welche mit trockenen Zahlen arbeitet und diesen ihre wichtigen Resultate abzwingt, die Statistik, verschmäht so sehr jeden Reiz der Darstellung, daß derjenige, welcher, wie es hier geschehen soll, statistische Mittheilungen in nicht rein wissenschaftlicher Weise machen will, Gefahr läuft, entweder in Oberflächlichkeit oder in Trockenheit zu gerathen. Hier muß die Sache selbst ihr Bestes thun.

Die Urgeschichte unserer Provinz hat, ebenso wenig wie die irgend eines anderen Landes von Europa, historische Forschung bisher vollkommen aufgehellt. Wie es ja tief in der Natur des denkenden und forschenden Menschen begründet ist, daß er mit Vorliebe sich den Problemen zuwendet, die durch ihre Schwierigkeit reizen; daß er immer von Neuem versucht, bald von diesem, bald von jenem Punkte aus einen Schacht in den ehernen, unnahbaren Berg der Urgeschichte zu treiben, so ist nicht blos unser Erdtheil im Ganzen, sondern auch fast jedes Stück desselben im Einzelnen vielfach Gegenstand geschichtlicher und naturgeschichtlicher Forschung gewesen. Das Resultat dieser Bemühungen ist bisher ein sehr geringes, die Aussicht auf wichtigere Ergebnisse nicht groß. Spärlich fließen die Quellen, aus denen der Forscher schöpft. Aus jener Zeit, wo der Bewohner der noch in Gestaltung begriffenen Erdoberfläche Theil nimmt an ihren Revolutionen, wo ein plötzlich sein altes Bett verlassender Strom ihn zum Aufsuchen neuer Wohnsitze zwingt, wo ein über Nacht in die Tiefe versinkender Wald seine Bewohner mit hinabreißt, und das Meer sich als schweigende Decke darüber breitet, — aus jenen Zeiten tönt für den Historiker kaum eine unverständliche Sage herüber, und rathlos steht er auf sprachlosen Gräbern längst entschwundener Geschlechter. Der Naturforscher vermag weiter vorzudringen. Zu ihm sprechen die Höhenzüge und Thäler, ihn leitet das trockne Bett des von seinem ursprünglichen Wege abgelenkten Flusses, ihm sind Seeen und Steine Wegweiser, nach denen er sich auf seinen Wanderungen in die Vorzeit richtet. Daher ist die Naturgeschichte die erste Führerin in der Geschichte eines Landes. Doch auch sie versagt nicht selten den Dienst.

Unsere Provinz, das ist Sage und Wahrheit, war zusammen mit den Provinzen Ost- und Westpreußen Meeresboden. Wo jetzt der Landmann seinen Acker pflügt und der Bürger die Straßen blühender Städte durchwandelt, wimmelte einst des Meeres Gethier und schwamm der Fisch im kühlen Element. Die See trieb ihre Wellen, sagen alte Berichte, dort über Pommern in die Lausitz, hier über Preußen tief nach Polen hinein. Und die Bodenbeschaffenheit dieser Landstrecken widerspricht dem nicht. Wenig über den Meeresspiegel sich erhebend, in seinen größten Höhen kaum einige hundert, nie volle tausend Fuß, ist dieser Theil der norddeutschen Tiefebene von zahllosen Seeen bewässert, die in einem breiten Gürtel die Ostsee umzingeln, die letzten Ueberbleibsel der vom emporsteigenden Lande abgeschüttelten Wasserfläche. Zahlreiche Versteinerungen von Seethieren und Muscheln, die in allen Theilen jener Provinzen, bei uns besonders in den Anhöhen der Braheufer gefunden werden, Nester von Bernstein, jenem eigenthümlichen Erzeugnisse der Ostsee, das Phönizier und Griechen an ihre unbekannten Ufer lockte, die mächtigen Felsblöcke, die, nicht entstanden in der felsenleeren Gegend der Weichsel, Netze und Brahe, wohl auf kolossalen Eisschollen die weite Fahrt von Skandinavien und Finnland zu unsern heimischen Feldern gemacht haben, die weit ausgedehnten Niederungen und Brüche endlich, die sich an den Ufern unserer Flüsse hinziehen, — Alles dieses sind Anzeichen, daß der Boden, auf dem wir stehen, dem Meere abgerungen ist.

Durch geheimnißvolle, unwiderstehliche Mächte gebannt, weicht das empörte Element zurück und räumt sein Gebiet dem Menschen zum ruhigen Wohnsitz; doch, gleich als wenn das Meer sein früheres Besitzthum zurückerobern wollte, leckt die Ostsee mit ihren tausendfachen Wellenzungen ihre Gestade und entreißt dem vaterländischen Boden in rastlosem Mühen fußweise, was ihr meilenweise mit einem Schlage geraubt wurde. Aber vollendet war die Umgestaltung des Bodens mit seinem Emportauchen aus der Fluth noch nicht. Augenscheinliche Spuren führen darauf hin, daß die fast eine Meile breiten Betten der Weichsel, Netze und Brahe nicht, wie sie es heute sind, gleich geschieden waren, sondern mit einander in Verbindung standen. Was Friedrich der Große durch Kunst geschaffen, eine Wasserstraße zwischen der Brahe und der Netze, war in früherer und zwar schon geschichtlicher Zeit von Natur vorhanden. Verfolgt man nämlich den Lauf jener drei Flüsse, so ergiebt sich die merkwürdige Erscheinung, daß, wo ein Fluß sein altes Bett verläßt und eine neue Richtung einschlägt, der zweite im alten Bett die erste Richtung fortsetzt. Der Weichselstrom, dessen Lauf von Osten nach Westen geht, verläßt plötzlich und ohne für uns erkennbare Ursache hinter Thorn bei Deutsch Fordon das große, nach Westen vollständig offen liegende, die Städte Bromberg und Nakel berührende alte Strombett, und wendet sich, einen fast rechten Winkel bildend, ganz nach Norden. An dieser Biegung strömt die Brahe in die Weichsel, von hier bis Bromberg genau das frei gelassene Strombett verfolgend, und wiederum dort, wo die Brahe nach Norden abgeht, nahm bei Bromberg vor Anlegung des Kanals ein großer Bruch die etwa vier Meilen lange Strecke bis Nakel ein, von wo an nun die Netze genau in derselben Richtung das alte Bett ausfüllt. Schon diese natürliche Beschaffenheit des großen Strombettes — die sich übrigens ganz ähnlich auch bei der Elbe, die jenseit Magdeburgs ihre Fortsetzung in der Aller hat, und bei der Oder, die jenseit Frankfurts erst von der Spree und dann von der Elbe fortgesetzt wird, findet — läßt auf einen früheren Zusammenhang jener Flüsse schließen, so daß also der alte Bruch zwischen Bromberg und Nakel ein vollständiges schiffbares Wasser war. Und dieser Schluß erhält seine Bestätigung durch einige Funde, die man zu verschiedenen Zeiten an jener Stelle gemacht hat. So fand man im Jahre 1773 bei dem Graben des Kanals tief unter dem Moor ein Gefäß und zwei Schiffsanker, so groß, wie sie jetzt die Oderkähne zu führen pflegen; ferner vor etwa zwanzig Jahren anderthalb Meilen westlich von Bromberg bei Lochowitz im Torfe Theile eines größeren Schiffes, während im Jahre 1827 bei dem Bau der Bromberg-Nakeler Chaussee, beim Durchstechen einer Strecke des alten Stromufers, wiederum ein Schiffsanker zum Vorschein kam: Alles Anzeichen, daß jene große Wasserstraße auch von Schiffen befahren wurde. In welcher Zeit diese Wasserverbindung gestört wurde, eine Zeit, die auch noch andere große Erdumwälzungen im Gefolge hatte, wie z. B. das Auffinden von Bauwerken in der Friedrichsstraße zu Bromberg, die 20 Fuß unter der jetzigen Erdoberfläche im alten Strombett der Weichsel liegen, beweist, davon können wir keine Kunde haben. Die Erzählungen von versunkenen Schlössern, Städten und Wäldern, die, im Munde des Volkes fortlebend, fast für jeden der zahlreichen Seeen des Netzdistriktes eine Entstehungsgeschichte geben, sind Nachklänge jener Erdrevolutionen, denen das Land unterworfen war.

Daß bei diesen mannigfachen Veränderungen des Bodens, welche feste Wohnsitze fast unmöglich machten, von den frühesten Bewohnern unserer Provinz, selbst zu jener Zeit, wo über die meisten Länder Europa's beglaubigte Geschichte schon helles Licht verbreitet, noch keine Kunde zu uns bringt, darf nicht Wunder nehmen. Und wenn, als erste Berichterstatter, der römische Naturforscher Plinius im ersten, und nach ihm der alexandrinische Geograph Ptolemäus im zweiten Jahrhundert der christlichen Zeitrechnung das mächtige Volk deutscher Abkunft, die Burgundionen (Burgenbauer), als Bewohner des linken Weichselufers zwischen Netze und Warthe nennen, so ist auch diese durchaus zuverlässige Angabe von neueren Forschern polnischer Nationalität angezweifelt, und es sind, wenn auch aus rein subjectiven Gründen, slavische Volksstämme an ihre Stelle gesetzt worden. Auch jene merkwürdigen Erdaufschüttungen, die unter dem Namen der Sueven- oder Schweden-Schanzen bekannt sind und sich in entsprechenden Abständen von Rügenwalde an der Ostsee bis nach Kalisch durch das Posener Land hinziehen, geben keine sichere Ausbeute für die früheste Geschichte unserer Provinz. Daß sie, einst bewehrt mit hölzernen Bollwerken, von denen noch heute Trümmer in ihnen gefunden werden, als Schutzwälle benutzt wurden, ist keinem Zweifel unterworfen. Ob sie aber zum Schutze einer alten Handelsstraße, von welcher alte Schriftsteller uns erzählen, und die nach der wahrscheinlichsten Annahme von der Bernsteinküste über Ouelsk, unfern von Bromberg, und Indowo, nahe bei Gnesen, nach Kalisch führte, oder während der langen Polenkriege zur Deckung gegen westliche Feinde angelegt waren, das ist wiederum streitig.

So schwankend und unbestimmt ist die Geschichte unsres Distriktes bis ins zweite Jahrhundert, und die vereinzelten Angaben über denselben bei alten Schriftstellern sind, je nach dem Zwecke und der Nationalität der modernen Historiker, auf das Willkürlichste umgedeutet und benutzt worden. Vollständiges Schweigen aber herrscht über unser Land in den nächsten Jahrhunderten, und es verschwindet in dem unermeßlichen Ländermeere, welches die Alten von einem Volke bewohnt dachten, dem sie den Gesammtnamen „Sarmaten" beilegten. Sobald dieses jahrhundertlange Dunkel sich hebt, sehen wir den größten Theil des Netzdistriktes im Besitze der Polen, und mit diesem Volke beginnt die eigentliche Geschichte unserer Provinz.

In unbekannter Zeit, erzählt Procop, der Geheimschreiber Belisars, der Historiker, Lobredner und Satiriker seines Zeitalters, brachen aus unbekannten Wohnsitzen in Asien gewaltige Heerhaufen der Slaven über Europa herein und verbreiteten sich weit über den Osten dieses Erdtheils, namentlich über die Donauländer. Von hier aus zogen sie im sechsten oder siebenten Jahrhundert, durch unaufhörliche Einfälle der Römer beunruhigt, unter dem gemeinsamen Namen der Lechen längs der Weichsel nach Norden hinauf und nahmen unter verschiedenen Namen: Polen oder Polanen, Masowier, Luticier und Pommeraner die flachen, fruchtbaren Niederungen dieses Stromes in Besitz. Wie sich die einzelnen Stämme in ihren Besitzungen gegen einander abgrenzten, ist nicht überliefert; späterhin finden wir, daß die Netze und der Theil der Brahe von Bromberg bis zur Mündung, also das alte, damals noch ganz bewässerte Weichselbett die nördliche Grenze gegen Pommern hin bildete, sodaß der nördliche Theil des Netzdistriktes zu Pommern, der südliche zu Kujawien, welches lange Zeit unter eigenen Herzögen stand, gehörte. Nakel und Bromberg, welches letztere aber in dieser Zeit noch nicht erwähnt wird, waren Grenzfestungen. Zum friedlichen Anbau des Landes war die Natur der Slaven nicht geschaffen. Stete Streitigkeiten untereinander und mit Grenzvölkern, der durchgehende Zug in der Geschichte Polens, veranlaßten die Wahl von Feldherren und Herzogen (Woywoden), welche Führer im Kriege und Richter im Frieden waren, und es bildete sich ein Soldatenstaat, der im Kriege und für den Krieg entstanden, im Laufe der Zeit zwar zu einer achtunggebietenden Macht gelangte, aber eben wegen des Mangels eines im Frieden thätig und wohlthätig wirkenden Standes von Anfang an den Keim seiner einstigen vollständigen Auflösung in sich trug. Es kann nicht Zweck dieser Bilder sein, die Geschichte dieses Staates in ihren Einzelheiten zu verfolgen, wir begnügen uns vielmehr damit, aus den Hauptepochen derselben einzelne Züge herauszuheben, die besonders für unsere Provinz, welche als Grenzland stets eine besondere Stellung einnahm, von Bedeutung sind.

Wir theilen die polnische Geschichte bis zum Jahre 1772 in vier Perioden, von denen die erste die älteste Zeit bis zur Bekehrung des Herzogs Miesko zum Christenthum in der Mitte des zehnten Jahrhunderts, die zweite die Herrschaft des piastischen Stammes bis zu seinem Aussterben im Jahre 1370, die dritte die Regierungszeit der Jagellonen bis 1572, die vierte endlich die letzten zweihundert Jahre des selbstständigen Polenreiches bis zu seiner ersten Theilung umfaßt. Die gewöhnliche Abgrenzung der ersten Periode bis zur Erhebung Piast's zum Herzoge, die fast allgemein in das Jahr 840 gesetzt wurde, scheint uns deshalb unzweckmäßig, weil jenes Jahr durchaus nicht sicher bezeugt ist, und die erste Zeit dieser Periode bis zur Einführung des Christenthums ganz den Charakter der vorhergehenden trägt, den der Sage und Legende. Erst mit der Einführung des Christenthums beginnt die beglaubigte Geschichte Polens.

Schweigend ruhen am westlichen Ufer des Goplosee's, in welchem die Netze ihre verborgenen Quellen hat, nahe bei der Stadt Kruschwitz, die Ruinen eines alten achteckigen Thurmes. Ihn machte die Sage zum Schauplatz folgender Begebenheit.

Tief betrauert von zwanzig Brüdern, dem ganzen Adel und Volk war der alte Fürst Popiel in seiner Residenz Kruschwitz gestorben. Ihm zu Liebe wählten die Großen des Reichs seinen einzigen Sohn, der ebenfalls Popiel hieß, zum Nachfolger und unterstützten ihn während seiner Minderjährigkeit auf alle Weise. Als Popjel mündig wurde und seine Oheime ihn sich selbst überließen, entartete er mehr und mehr. Er vergaß jeder edleren, männlichen Gesinnung und ergab sich einem wüsten, lasterhaften Leben. Keine kriegerische That brachte ihm Ruhm, in Unthätigkeit und Üppigkeit verflossen seine Tage. Während seiner schwachen Regierung brachen von allen Seiten die ermuthigten Feinde in das Reich ein, siegten stets in den Schlachten über den feigen Fürsten und zwangen ihn mehr als einmal zum schmählichsten Frieden. So ward er den Feinden ein Spott, den Polen eine Last. Nun heirathete Popiel die Tochter eines benachbarten deutschen Fürsten, die vornehm und schön, aber auch stolz und habsüchtig war. Durch List und Schmeichelei wußte sie sich einen großen Einfluß zu verschaffen und den Fürsten vollständig zu leiten. Sie trieb ihn zu immer neuen Verbrechen und forderte ihn schließlich auf, seine Oheime, die sie ihm verdächtig machte, aus dem Wege zu räumen. Popiel leiht den Einflüsterungen seiner Gattin ein geneigtes Ohr. Er stellt sich, als ob er an einer schweren Krankheit darniederliege und läßt durch Boten seine Oheime zu sich laden, um seine letzten Anordnungen zu vernehmen. Als diese sich an seinem Lager versammelt hatten, bittet er sie unter erheuchelten Thränen und verstelltem Schluchzen, daß sie seinen unmündigen Söhnen Beistand und Schutz gewähren und sich auch seiner Gattin annehmen möchten. Dies versprechen die Brüder, und der Fürst umarmt unter Freudenthränen die Versammelten. Als die Sonne sinkt, läßt Popiel einen Trank hochschäumenden Bieres, worin ein tödtliches Gift gemischt war, bringen. Er stellt sich, als ob er seinen Oheimen zutrinke: sie leeren den Todesbecher. Jetzt giebt Popiel vor, schlummern zu wollen, und läßt die Anwesenden abtreten; er wollte nicht, daß sie in seinem Zimmer stürben. Noch vor Anbruch der Nacht erliegen die Verrathenen den Wirkungen des Gifts. Als Popiel ihren Tod erfahren, frohlockt er vor allem Volk darüber, bezeichnet seine Oheime als Verräther, die ihn umbringen wollten, und verbietet bei Todesstrafe, ihre Leichen zu bestatten. Dieses Verbot aber gereicht dem Frevler zum Verderben. Aus den unbeerdigten Leichen erstehen zahllose Mäuse, die mit wüthenden Bissen über Popiel und seine Familie herfallen und ihn ruhelos von Ort zu Ort treiben. Nichts vermag ihn vor den überall eindringenden Thieren zu retten. Durch Feuer und Wasser stürzen sie sich auf ihn, bis er endlich von Allen verlassen auf einen hohen Thurm der Kruschwitzer Burg flieht und dort mitsammt den Seinigen von den Mäusen spurlos vertilgt wird.

So die Sage, zwar nicht in ihrer ältesten Gestalt, denn diese verlegt die Begebenheit nach der gefeierten Piastenstadt Gnesen, und weiß auch noch Nichts von einer deutschen Gemahlin Popiels, die erst späterer Nationalhaß hinzudichtete, aber doch in der Gestalt, in welcher sie am weitesten Verbreitung hat und als eine Sage des Netzdistriktes gelten muß. Die Stadt Kruschwitz, heute noch unbedeutender, wie früher, ist die älteste des ganzen Distriktes und wird neben Gnesen zur Heimathsstadt des Piastengeschlechtes gemacht; deshalb hat ihre Sage Anspruch auf einen Platz unter den Bildern aus dem Netzdistrikt.

Die zweite Epoche der polnischen Geschichte läßt sich kurz so charakterisiren: Das

Polenreich unter den Piasten bietet uns nach Außen hin ein Bild unaufhörlicher Kriege mit mächtigen Grenznachbaren und wachsender staatlicher Erstarkung, im Innern Aufblühen der Städte und Hebung der Bodenkultur durch Aufnahme fremder Elemente, die den Mangel eines gewerbe- und ackerbautreibenden Standes ersetzen mußten.

Polen war mit der Erhebung Eines der vielen Herzöge, die anfangs im Lande regierten, zum Fürsten, noch nicht zu einem festen Staatswesen gelangt. Noch hatte nicht Jeder der zwölf alten Gaufürsten seine Unabhängigkeit aufgegeben, einzelne Herzöge, wie z. B. die von Masowien und Kujawien behielten sie mit Unterbrechung noch Jahrhunderte lang; noch schwankten die Grenzen des neuen Staates und unterlagen vielfachen Veränderungen. Da hierbei besonders die Grenzlande den Schauplatz für die Kriege abgaben, so erscheint der Netzdistrikt in dieser ganzen Zeit als Tummelplatz kriegführender Heere. Nakel, die alte, von schwer zugänglichen Sümpfen umgebene Grenzfestung, giebt in seiner Geschichte ein anschauliches Bild des kriegerischen Treibens jener Zeit. Als ein für die Grenzvertheidigung so wichtiger Punkt bildete es den steten Zankapfel zwischen den Polen und den nördlichen Grenznachbaren, den Pommern. Als nach langen Kämpfen die letzteren endlich ihren Besitz aufgaben, trat als neuer Feind der Orden der deutschen Ritter in Preußen gegen die schwer heimgesuchte Stadt auf. Im eilften Jahrhundert eine Burg der noch heidnischen pommerschen Herzöge, die sie zur Operationsbasis ihrer verheerenden Einfälle in Polen machten, schlug Nakel das Belagerungsheer des Polenherzogs Wladislaus I siegreich zurück. Zehn Jahre später griff Boleslaw I Nakel von Neuem an, schlug das zum Entsatze heranrückende Pommernheer in der Nähe der Stadt und zwang diese selbst zur Uebergabe und zur Annahme des Christenthums. Der vom Sieger eingesetzte Gouverneur fiel aber kurz darauf von Boleslaw ab, und in zwei Feldzügen unterlag Nakel von Neuem. Nachdem es im nächsten Jahrhundert noch mehrere Mal seinen Herrn gewechselt hatte und dann zum Mittelpunkt einer Starostei gemacht worden war, bemächtigte sich um 1250, während Polen von inneren Wirren vielfach zerrüttet war, Swantopolk von Pommern wiederum der Stadt. Kaum war sie von den kujawischen Herzögen ihm mit Hülfe der deutschen Ritter entrissen, als sie schon zwei Jahre darauf wieder in die Hände der Pommern fiel. Neue Belagerung von Seiten der Polen. Sie bauen westlich von Nakel eine zweite hölzerne Burg, von wo aus sie fortwährend die Pommern beunruhigen. Eine Zerstörung dieser Gegenburg glückte den Pommern nicht, ihr Sturm wurde abgeschlagen, und so kam endlich am 25. Juli 1256 die alte Burg Nakel an Polen. In den ersten Jahrzehnten des vierzehnten Jahrhunderts zu einer blühenden Stadt herangewachsen, wurde Nakel im Frühjahr 1329 schon wieder von einem Heere der deutschen Ritter überfallen, die Besatzung niedergemacht, die Stadt ausgeplündert und verbrannt. Auch die Umgegend ward weit und breit verwüstet. Es erhob sich die Stadt aber bald wieder, König Kasimir versah sie mit einem festen Schloß und Mauer, und nun wiederholen sich die Kämpfe zwischen Polen und Pommern um die wichtige Festung von Neuem, bis schließlich doch Erstere Sieger bleiben.

So ging es damals in unserm Grenzlande her. Daß diese Kämpfe auch für Bromberg nicht ohne Folgen blieben, ist einleuchtend; Brombergs Entstehung fällt in diese Zeit.

Neben diesen Kämpfen her ging die innere Entwicklung des Landes. Daß diese trotz jener Kriege einen großen Aufschwung nahm, beweist, welch mächtige Impulse sie empfangen haben muß. Diese aber kamen von Außen. In erster Linie ist es die Einwanderung der Deutschen in Polen, die namentlich der Bodenkultur und den Städten neues Leben verleiht, und dann die Einwanderung der Handel und Verkehr hebenden Juden.

Die natürlichen Consequenzen der steten Kämpfe sind nicht schwer zu ziehen: Herausbildung des kriegführenden Adels auf der einen, Herabdrückung des gemeinen Mannes und Ueberbürdung desselben mit Lasten auf der andern Seite. Sobald die Verhältnisse Polens uns deutlich werden, finden wir den Bürger- und Bauernstand in starker Unterdrückung, den Adel in willkürlicher Freiheit. Das wurde nicht geändert durch den Zuzug der Deutschen, wohl aber dem Lande eine werthvolle Kraft mehr verliehen. Die Einwanderung der Deutschen beginnt mit der Bekehrung der Polen zum Christenthum, denn die Geistlichen waren anfänglich Deutsche. Sie zogen deutsche Ansiedler auf die ihnen geschenkten Ländereien, um höheren Ertrag zu bekommen, und wirkten für ihre Besitzungen mancherlei Befreiungen von Lasten und Abgaben aus. Deutscher Einfluß machte sich im Süden von Schlesien, im Norden vom deutschen Ritterorden aus geltend, und gerade der Zuzug deutscher Krieger nach Preußen ging durch das posener Land. Die Deutschen besetzten weitaus in den meisten Fällen Länderstrecken, die entweder ganz verlassen oder doch nur sehr dünn bewohnt waren, und sie waren den Fürsten und Herrn nützliche und gern gesehene Arbeiter. Denn grade deren Einkommen stieg mit dem höheren Ertrag des Bodens. Die Einwanderer wahrten ihre Selbstständigkeit, sie verpflichteten sich zu einer Geldabgabe und im Kriegsfalle zur Vertheidigung ihres Bodens, aber behielten das von ihnen bebaute Land als freies Eigenthum und verwalteten ihre Gemeinde-Angelegenheiten nach eigener Gewohnheit und eigenem Recht. Das polnische Recht fand auf sie keine Anwendung. So entstanden neben den alten, sich langsam entwickelnden polnischen Städten, zahlreiche rasch emporblühende neue mit deutschem d. h. magdeburgischem Recht, die in sofern großen Dörfern glichen, als sie hauptsächlich vom Ackerbau lebten. In den Städten mit magdeburgischem Recht war Gesetzgebung, Gerichtspflege, Polizeiverwaltung Sache der Bürger. Der Starost und Woywode hatte diesen nicht zu gebieten. Sie waren in Polen Stätten der Freiheit. Interessant ist, was eine alte Urkunde über die Art und Weise der Gründung deutscher Städte berichtet: „Das ist noch das Urkund, wo man neue Städte bauet oder Märkte macht, daß man da ein Kreuz setzet auf den Markt, durch das man sehe, daß Weichbild da sei, und man hänget auch da des Königs Handschuh daran, durch das man dabei sehe, daß es des Königs Wille sei". Der Marktplatz ward dann im Viereck umzogen, in seiner Mitte erhob sich das Rathhaus, an welches sich Verkaufsläden anlehnten, kleine Buden mit niedrigen Dächern. So breitete sich ungehindert deutsches Wesen aus, und wenn die Städte, namentlich im Netzdistrikt, auch oftmals Plünderungen und Verheerungen ausgesetzt waren, (in den Jahren 1329 bis 1332 wurden 14 Städte allein durch die Ordensheere zerstört), so erhoben sie sich doch bald wieder aus der Asche.

Das zweite fremde Element, welches sich in dieser Periode einen nicht zu unterschätzenden Einfluß in Polen erwarb, bildeten die Juden. Seit dem Jahre 1085 in geringer Anzahl in Polen vertreten, wandern sie gegen Ende dieses und am Anfange des nächsten Jahrhunderts massenhaft in dieses Land ein. Veranlassung hierzu gaben die barbarischen Verfolgungen, welche sie von den Christen West- und Mittel-Europa's, deren Religionseifer durch die Kreuzzüge bis zum Fanatismus aufgestachelt war, zu erdulden hatten. Sie machte man zu Urhebern alles Unglücks, das zu jener Zeit über Europa als Pest und Hungersnoth hereinbrach, und unter dem Vorwande, daß sie die Brunnen vergiftet hätten, erschlug man Tausende in majorem dei gloriam. Kein Wunder, wenn sie sich nach einer Zufluchtsstätte umsahen, die sie dann auch in Polen fanden. Von ihnen macht C. Adler in seinen Studien zur Culturgeschichte Polens (Berlin 1866) folgende treffende Schilderung: „Das von Boleslaus zu Kalisch erlassene Statut hatte den Juden einen exmirten Gerichtsstand verliehen und sie unter den Schutz und die Jurisdiction der Woywoden gestellt. Nach den Bestimmungen dieses Statuts durfte kein Christ wider einen Juden Zeugniß ablegen; erschlug er einen Juden oder beschädigte er einen jüdischen Kirchhof, so wurde sein Vermögen vom Fiskus eingezogen; beschuldigte er ihn eines strafwürdigen, aber nicht zu erweisenden Verbrechens, so erlitt er die Strafe, welche den Juden im Falle der Ueberführung betroffen haben würde. Rief ein Jude Nachts um Hilfe, so zahlten alle christlichen Nachbarn, die ihn ohne Schutz gelassen, 30 Gulden Strafe. Bei dieser für jene finsteren Zeiten sehr humanen Gesetzgebung darf es nicht befremden, daß die Juden in kurzer Zeit einen nicht unbeträchtlichen Theil der Bevölkerung Polens bildeten; ihrer eigenen Bezeichnung nach fanden sie hier ihr „irdisches Paradies." Sie gediehen auf diesem Boden auch in der That vortrefflich, denn der Pole ist großmüthig und verschwenderisch, aufbrausend, rasch, der Jude geduldig und demüthig, und Niemand wußte besser als er, von jenen Eigenschaften Vortheil zu ziehen; der Pole versteht nicht zu rechnen, der Jude kann es vortrefflich; jener lebt sorglos in den Tag hinein, dieser überlegt und weiß für Alles Mittel und Wege; so wurde er unentbehrlich." So war es einerseits die Brauchbarkeit der Juden als Mittelsleute, andrerseits aber der große Gewinn, den die Staatskasse aus ihren Steuern zog, welche ihnen eine so bereitwillige Aufnahme in Polen erwirkten. Was der stumpfe Bauer nicht verstand, der stolze Edelmann unter seiner Würde hielt, das betrieben sie, und so fanden sie ihren Erwerb besonders als Kleinhändler und Wirthe, als Geschäftsführer und Geldleiher. In Sitte und Recht, in Tracht und Sprache waren sie von der allgemeinen Entwicklung ausgeschlossen. In den Städten wohnten sie in abgesonderten Vierteln; alle Händel, die sie unter sich hatten, wurden nach jüdischem Recht geschlichtet;

ihre Tracht blieb die morgenländische: ein langes bis auf die Füße herabfallendes schwarzes Gewand, Pelzmütze, Pantoffeln, langer Bart, geschorenes Haupthaar, zwei Ringellocken an jeder Seite; ihre Sprache war ein mit hebräischen Brocken untermischtes Deutsch, so daß sie Nichtjuden unverständlich blieb. Verachtet, gedrückt und mißhandelt fanden sie ihre sichere Vergeltung im Gelderwerb, ihr Reichthum verschaffte ihnen schließlich auch Schutz und Sicherheit.

Die glänzende Regierung Kasimirs des Großen bildet den Schluß der zweiten und den Uebergang zur dritten Epoche der polnischen Geschichte. Sicherung der Grenzen des Reiches, theils durch Aufgeben solcher Provinzen, die er dauernd nicht halten konnte, z. B. Schlesiens und Pommerellens, theils durch vollständige Niederwerfung unruhiger Grenznachbarn, wie der Tataren, und der Versuch, die verschiedenen Elemente des Reiches in ein festes Verhältniß zu einander zu bringen, also ein wirkliches, geordnetes Staatsleben zu schaffen, machen seine Regierung zu einer für Polen segensreichen. Unheilvoll für das Land wurde aber ein Schritt des großen Königs, den er im Interesse seiner Familie that. Kasimir hatte keine männlichen Nachkommen. Es hätten ihm also die Herzöge von Masowien und Kujawien oder von Schlesien, welche echte Piastiden waren, auf dem Throne folgen sollen. Allein er überging diese aus Liebe zu seiner Schwester, die dem Könige von Ungarn vermählt war. Er suchte ihrem Sohne die Krone Polens zu verschaffen und setzte es auch durch, freilich mit Aufopferung eines Theiles der königlichen Gewalt. Kasimir erkaufte die Einwilligung der Magnaten, Wojwoden und des Klerus zu dem willkürlichen Schritte, von der regierenden Familie der Piastiden abzugehen und dem Sohne eines fremden Königs Polens Krone zu übertragen, durch umfassende Concessionen. Er versprach ihnen, daß seine Nachfolger für ihren Unterhalt sich auf die Erträge ihrer Domänen beschränken sollten, daß Adel und Klerus steuerfrei bleiben und selbst in Zeiten der Noth nicht außerordentlich belastet, vielmehr dann Städter und Bauern zu den erforderlichen Mehrabgaben herangezogen werden sollten, und ähnliche Vergünstigungen mehr. Hierdurch erreichte Kasimir seinen Zweck, legte aber zugleich dadurch den Grund zur Verwandlung des bisherigen Erbkönigthums in ein Wahlkönigthum; und wenn auch noch nicht bei seinem Nachfolger Ludwig von Ungarn, so zeigte sich doch schon bei der Wahl des ersten Jagellonen, welch ausgedehnten Gebrauch bald Adel und Klerus von dem einmal eingeräumten Rechte der Einwilligung oder der Opposition bei der Königswahl zu machen wußten.

Nach einer durch glückliche Kriege ausgezeichneten, für die innere Entwicklung Polens aber wenig ersprießlichen Regierung starb der König Ludwig ebenfalls ohne männliche Erben, mit Hinterlassung zweier Töchter. Die jüngste von Beiden wurde zur Thronerbin bestimmt und mit Jagello, dem Herzog von Lithauen vermählt, der unter dem Namen Wladislaus Christ, König von Polen und Stifter des ruhmvollen Jagellonischen Königshauses wurde. Während bei seinem Vorgänger Adel und Klerus nur die Einwilligung zur Wahl, die der König traf, gegeben hatten, war Jagello's Erhebung auf den Thron schon ganz das Werk jener Stände. Sie hatten mit ihm eine förmliche Wahlcapitulation abgeschlossen, die sogenannten pacta conventa, welche festsetzten, daß Polen ein Wahlreich sein solle, im Laufe der Zeit die Königsgewalt immer mehr beschränkten, die des Adels und Klerus dagegen immer mehr erweiterten.

Die Entwicklung Polens während der Regierungszeit der Jagellonen bildet in gewisser Beziehung einen graden Gegensatz zur vorigen Periode. Während nämlich die unaufhörlichen Kriege, welche Polen unter den Piasten zu bestehen hatte, zu einer wesentlichen Erweiterung des Landesgebietes nicht führten, dagegen auf das Emporblühen der Städte und die Hebung der Cultur keinen hemmenden Einfluß übten, gewahren wir in der Zeit der Jagellonenherrschaft eine außerordentliche territoriale Zunahme des Staates Polen, zugleich aber fast Hand in Hand damit ein Sinken und Verfallen der Städte und eine Abnahme des Wohlstandes und der Bodenkultur.

Schon dadurch, daß Jagello als Herzog von Lithauen dem Staate mit diesem Lande einen bedeutenden Zuwachs brachte (er mußte bei der Thronbesteigung versprechen, daß Lithauen mit allen dazu gehörigen Provinzen dem Königreich Polen einverleibt werden sollte), noch mehr aber durch glückliche Kriege seiner Nachfolger, wie Kasimir des Vierten, der im Frieden zu Thorn ganz Pommerellen, Danzig, Elbing, Marienburg, Thorn und das nachmalige Westpreußen mit dem Königreiche vereinigte, Sigismund August's, welcher Liefland und Kurland an Polen brachte, andrer Erwerbungen nicht zu gedenken, — durch Alles dieses erhielt Polen eine Ausdehnung, die es größer machte, als Spanien und Frankreich zusammengenommen, so daß seine Grenzen vom baltischen bis zum schwarzen Meere, und fast von der Oder bis jenseit des Dniepr sich ausdehnten. Mit diesem äußeren Wachsthum hielt aber, wie bemerkt, die innere Entwicklung nicht Schritt, und namentlich war es der Verfall der Städte, welcher dem mächtigen Reiche die Kraft zähen Zusammenhaltens raubte, so daß es nach zweihundert Jahren vollständig zusammenbrach. Schon Kasimir hatte den deutschen Städten — diese waren es ja, welche hauptsächlich blühten — manchen empfindlichen Stoß versetzt. Er verbot, daß sie sich auf deutsches Recht berufen sollten, und zerstörte in Rechtssachen die Verbindung mit Deutschland, indem er nicht gestattete, an den Schöffenstuhl zu Magdeburg zu appelliren, sondern an den für Bürger eingesetzten höchsten Gerichtshof zu Krakau. Dieses Verbot war das erste Hemmniß, welches die Städte in ihrer Entwicklung traf. Seitdem gestalten sich die Verhältnisse immer ungünstiger. Aus dem Handel konnten die Städte keine Nahrung zu frischem Leben ziehen, denn da er sich größtentheils in den Händen der vom Gemeinde-Verbande ausgeschlossenen Juden befand, kam er ihnen nicht zu Nutze. Außerdem legten die polnischen Fürsten frühzeitig in den Städten, die an der Handelsstraße lagen, Zölle an, welche verpfändet oder verpachtet allmählig in die Hände von Privatpersonen übergingen und bald auf den Handel hemmend wirkten; und wenn sich auch zwischen einzelnen Städten zeitweise ein reger Verkehr, wie zwischen Danzig und Bromberg auf der Weichsel, entwickelte, so fehlte es an Wegen und andern Verkehrsbequemlichkeiten, um die Waaren nach Außen oder Innen vortheilhaft zu vertreiben. Dazu mehrten sich die Lasten der Städte von Jahr zu Jahr. Wenn ein König in Geldverlegenheit war, verpfändete er nicht selten Städte an große Herren, die dann willkührliche Abgaben auflegten, um so großen Vortheil wie möglich zu ziehen. So gingen z. B. Bromberg, Fordon, Schulitz, Inowraclaw u. A. in Privatbesitz über. Und daß das königliche Versprechen, Adel und Klerus solle steuerfrei bleiben, bei den fortwährenden Kriegen gegen Russen, Tataren, Türken, die namhafte Mehrabgaben nöthig machten, von den verderblichsten Folgen für den städtischen Wohlstand sein mußte, leuchtet ein. Das einzige Mittel, wodurch sich die Städte eine Erleichterung ihrer Lage hätten verschaffen können, nämlich einen Antheil an der Gesetzgebung erringen, gaben sie, da der geringe Kreis ihrer Anschauungen und völlige Unbekanntschaft mit den Zuständen andrer Staaten politischer Reife nicht günstig war, sich selbst aus der Hand. Anfänglich mögen bei Verhandlungen mit auswärtigen Mächten, bei Königswahlen und im Reichstage einzelne größere Städte vertreten gewesen sein, aber die Stellung ihrer Abgeordneten wurde mit dem zunehmenden Einfluß und dem wachsenden Stolz des Adels eine immer unbedeutendere und unhaltbarere. An und für sich als Städter vom großen, grundbesitzenden Adel über die Schulter angesehen, zurückgedrängt und angefeindet, wenn sie die Interessen der Städte gegen die Uebergriffe des Adels geltend zu machen versuchen, konnten sich die städtischen Deputirten unmöglich wohl fühlen. So entwickelte sich in den Städten Abneigung vor dem Reichstage, wozu noch die Unfähigkeit kam, die Kosten für Abgeordnete zu tragen, und schließlich verhielten sie sich ganz passiv und mußten daher über sich beschließen lassen, was Adel und Klerus für gut fanden. Dazu wurden alle geistlichen und weltlichen Aemter vom eingeborenen Adel besetzt, so daß zuletzt jedweder Einfluß auf die öffentlichen Angelegenheiten den Städten verloren ging. Die gesellschaftliche Stellung derselben characterisirt sich in der Aeußerung, die in jenen Tagen nicht selten gehört wurde: Bürger und Bauern sind die verfluchte Nachkommenschaft Chams. Nationaler Haß, Widerwille der Mächtigen gegen Alles, was städtisch war, der soweit ging, daß Adlichen der Aufenthalt in den Städten verboten wurde, Ausschließung der Städter vom Erwerb ländlicher Besitzungen, der ebenfalls nur Adlichen gestattet war, Alles vereinigte sich, um — eine merkwürdige Erscheinung in der Geschichte! — das blühendste Leben der Städte in demselben Zeitraume zu knicken, in welchem der Staat Polen an Größe und Macht den Vergleich mit jedem anderen Staate Europa's nicht zu scheuen brauchte.

Die Geschichte der letzten zweihundert Jahre Polens vor der ersten Theilung bietet uns an neuen Zügen nur einen wesentlichen, im Uebrigen setzen sich bis in ihre äußersten Consequenzen die Züge fort, deren Entwicklung uns die dritte Periode zeigte. Eine hochherzige That religiöser Duldung bezeichnet die neue Epoche, eine That, die, wenn sie später nicht umgeworfen wäre, auch die Staatsverfassung zu neuem Leben geführt hätte. Schon unter Sigismund August's, des letzten männlichen Sprosses der Jagellonen Regierung, waren

Anhänger des neuen, von den Satzungen der römisch-katholischen Kirche abweichenden Glaubens, Lutheraner, Reformirte, böhmische Brüder, Socinianer in Polen geduldet worden. Vollständig und rechtlich anerkannt wurden aber die mit dem gemeinschaftlichen Namen „Dissidenten" bezeichneten Nichtbekenner des katholischen Glaubens nach dem Tode Sigismund's durch den Beschluß des Reichstages vom Jahre 1573: „Wir verbinden uns alle mit einander, für uns und unsere Nachkommen, durch einen Eid, bei unserer Ehre und unserem Gewissen, beständig einig unter uns zu sein — obwohl wir in Ansehung der Religion nicht gleiche Meinung haben, — wegen der Verschiedenheit in Glaubenslehre und Religionsübung kein Blut zu vergießen, und Niemand, wer es sei, deswegen mit Confiskation seiner Güter, Verlust seiner Ehre, Gefängniß oder Landesverweisung zu bestrafen." Allein dieses Versprechen, obgleich später noch mehrmals erneuert, wurde nicht gehalten, und statt eine Quelle neuen Lebens zu werden, wurde die Reformation in Polen nur ein Grund mehr, das schon an und für sich von Zwistigkeiten aller Art erfüllte Land noch mehr zu zersplittern. Der Adel, längst den deutschen Städten abhold, haßte sie als Sitze der Evangelischen bald noch mehr, die Jesuiten, wie überall rücksichtslose und vor keinem Mittel zurückschreckende Vorkämpfer der päpstlichen Sache, begannen mit gewohnter Gewandtheit und Unermüdlichkeit ihre Hetzereien gegen die Protestanten, denen in einzelnen Städten sogar ihre Kirchen einfach weggenommen wurden, andererseits richteten aber auch die reformirten Städter ihre Angriffe gegen die Juden, und arge Gewaltthätigkeiten wurden an ihnen verübt. Andere innere, oft furchtbar blutige Kämpfe veranlaßten die Königswahlen. Obwohl der ursprünglichen Macht durch die stets zunehmenden Ansprüche des Adels und der Geistlichkeit längst entkleidet, obwohl nur noch ein Schattenbild der früheren Majestät, war der polnische Thron doch bei jedem Absterben eines Königs von zahlreichen Prätendenten begehrt und umlagert. Spanische und französische, türkische und deutsche, schwedische und russische Fürsten traten als Bewerber auf, Einer immer mehr als der Andere dem Adel und Klerus an Rechten und Privilegien bietend. Bewaffnet und oft mit vollständigen Armeen zogen die einzelnen Parteiführer hinab in die Ebene von Wola, um unter dem Vorsitze des Erzbischofs von Warschau die Königswahl vorzunehmen. Selten einigten sich beim ersten Wahlgange die Parteien über den neuen Herrscher, häufig wählte die eine Partei am ersten Tage ihren Prätendenten zum König, und wenige Tage darauf war von der andern ein zweiter gekürt, noch häufiger kam es zu stürmischen Auftritten in Rede und Widerrede, die nicht selten zu einem Grade von Leidenschaftlichkeit sich steigerten, daß man mit den Waffen in der Hand aneinander stürzte, ein blutiger Kampf sich entwickelte und das Wahlfeld zur Wahlstatt wurde. Bei diesen innern, das Mark des Landes verzehrenden Vorgängen halfen glänzende Waffenthaten nichts. Heldenthaten eines Johann Sobieski vergrößerten wohl den Umfang des Reiches und machten den Hof der polnischen Könige zu einer Stätte des Ruhms und der Pracht, aber im Innern vermochte auch dieses Königs Riesengeist nichts zu bessern, und kummervoll, gedrückt von häuslichen Leiden, sich klar bewußt, welches das einstige Schicksal

Polens sein werde, stieg er in die Gruft, mit ihm das Waffenglück Polens. Lange, verheerende Kriege, unter denen namentlich die mit Schweden geführten auch unsere Provinz furchtbar heimsuchten, tobten durch das unglückliche Land. Siegreich noch, wenn die makellose Vaterlandsliebe zum letzten Auftaffen der Kräfte trieb, gehemmt an ihrer vollen Entfaltung durch den verhängnißvollen Besitz denkbar größter innerer Freiheit, zerrissen endlich durch glücklichere Nachbarn, brach der majestätische Bau eines Staatslebens zusammen, der Jahrhunderte lang zahllosen Stürmen getrotzt.

Ende und Anfang.

Furchtbar hat sich an der republikanischen Monarchie Polen das prophetische Wort erfüllt, welches Johann Kasimir auf dem Reichstage des Jahres 1661 sprach: "Bei unseren innerlichen Unruhen und Zwistigkeiten haben wir einen Angriff und eine Zerstückelung der Republik zu fürchten. Der Moskowiter (Gott gebe, daß ich ein falscher Prophet sei) wird Lithauen, Brandenburg wird Großpolen und Preußen, Österreich wird Krakau und die angrenzenden Länder nehmen." Er war kein falscher Prophet. Polen wollte nicht den Prozeß durchmachen, welchem sich zu jener Zeit fast alle Staaten Europa's unterwarfen, es wollte, einmal auf dem verlockenden Wege, das Königthum seiner Macht immer mehr zu entkleiden, sich nicht in den beklemmenden Strudel des Absolutismus stürzen, welcher damals die übrigen Staaten auseinanderzufallen hinderte. Das mächtige Scepter eines rücksichtslosen Königs hätte auch Polens ewig zur Decentralisation geneigte Theile zusammenhalten können, dazu wäre aber eine Unterordnung des Adels und Klerus unter den höheren Willen des Monarchen nöthig gewesen, wozu sich weder der Eine noch der Andere entschließen konnte. Keines Reiches Angelegenheiten ordnen sich innerhalb der abgeschlossenen Grenzen desselben, sie üben anregenden oder abstoßenden Einfluß auf die Nachbarreiche und ziehen diese in Mitleidenschaft. Wie der Bürger nicht ruhig schläft, wenn das Haus seines Nachbarn in Flammen steht, sondern für die Sicherung seines Eigenthums wacht und wohl auch die Flammen löschen hilft, um sein Haus vor Feuer zu bewahren, so bleibt auch ein Staat nicht mitthätig, wenn in einem andern Umwälzungen von weittragender Bedeutung vor sich gehen; er greift vielmehr thätig in dessen Angelegenheiten ein, um sich selbst zu schützen. Worin hierbei die Politik die Mittel des Schutzes suchen soll, darüber läßt sie sich keine Vorschriften machen. Der Bürger darf — das gebieten Gesetze — nur um zu löschen, nicht um sich zu bereichern, in das brennende Haus des Nachbarn gehen; so sollte und könnte es vielleicht auch im Staatsleben sein; allein wer vermag die Staaten hierzu zu zwingen? Die Geschichte thut es nicht.

Polen, seit lange in Auflösung begriffen, wurde erhalten durch die Zwistigkeit seiner Nachbarn; fand es diese einig, so mußte es auseinanderfallen, da ihm die Kraft fehlte, sich selbst zusammenzuhalten.

Die beiden Könige, welche nach des großen Johann Sobieski Tode bis zu dem für Polens Geschick entscheidenden Jahre 1763 regierten, Friedrich August der Zweite und Dritte, beide aus dem sächsischen Königshause, waren nicht in Stande, Polens Wiedergeburt durchzusetzen. Der Erstere, der den polnischen Thron durch Geld und den Uebertritt zur katholischen Kirche erkauft hatte, war durch seine Prachtliebe, Sinnlichkeit und verschwenderischen Luxus, welchem die aufreibenden Kriege mit dem Schwedenkönige Karl dem Zwölften keinen Abbruch thaten, einem ohnehin dazu geneigten Volke gefährlich, zumal in einer Zeit, wo die großen Mittel der polnischen Magnaten schon bedeutend geschwächt waren. Zum Besten seiner ehemaligen Glaubensgenossen that der König keine Schritte, so daß also die Hetzereien gegen die Dissidenten ihren ungestörten Fortgang nahmen. Sie wurden noch kurz vor seinem Tode durch einen Reichstagsbeschluß von allen Staatsämtern und jeder National-Repräsentation ausgeschlossen. Ein Übel zwar, welches unter August des Zweiten Regierung Polen heimsuchte, die langen Kriege, fiel unter seinem Nachfolger fort, allein da dieser noch kraftloser war als sein Vater, gereichte der Frieden dem Lande eher zum Schaden als zum Nutzen. Die an stete Kriegszüge gewöhnten Polen hielten diese Ruhe für wahre Sicherheit und wurden dadurch blind gegen die dem Vaterlande drohenden Gefahren. Niemand war in dieser Zeit, welche Muße zu zweckmäßigen Reformen genügend darbot, zum Herrscher Polens untauglicher, als ein Fürst, von welchem Friedrich von Raumer folgende Schilderung machen konnte: „August der Dritte war sanft aus Faulheit, verschwenderisch aus Eitelkeit, prachtvoll aus Angewöhnung, seinem Beichtvater unterthan ohne Religion und seiner Frau ohne Liebe, thätig nur auf der Jagd, schön, aber ohne allen Ausdruck." Da unter einem solchen Regenten vollständige Anarchie den Fortbestand des Reiches in Frage stellte, ergriffen schon bei seinen Lebzeiten Frankreich und Österreich einerseits, und Preußen und Rußland andrerseits gemeinsame Maßregeln, dem Lande einen neuen Herrscher zu geben. Jene wollten die Wahl eines Sachsen, diese die eines Polen durchsetzen, zugleich mit der Absicht, den Dissidenten Schutz zu verschaffen. Letztere drangen durch. Russische Heere rückten nach der Thronbesteigung Katharina's, preußische nach Abschluß des Hubertsburger Friedens in Polen unter dem Vorwande ein, die Rechte der Republik und der Polen gegen die Übergriffe des Königs August zu schützen. Von allen Seiten bedrängt und zum Widerstande zu schwach, verließ dieser Polen, ging nach Sachsen zurück und starb hier am 5. Oktober 1763, das Reich neuen, verderblichen Stürmen überlassend.

Allen Vaterlandsfreunden war klar, daß die neue Königswahl über Bestand oder Fall des Reiches entscheide. Aber trotz dieses Bewußtseins, und Angesichts der Gefahr, welche aus einer Zersplitterung der polnischen Nation bei der Wahl entspringen mußte, zerfiel doch der an Einigkeit nie gewohnte Adel in zwei Parteien, beide in der Meinung, das Wohl des Vaterlandes zu fördern, beide irrend, die einen im Zweck, die andern im Mittel. Die erste wollte volles, unverändertes Fortbestehen aller alten Einrichtungen im Staate und Ausschluß jeder fremden Einmischung, die andere Änderung und Besserung der Verfassung mit Hülfe fremden Einflusses. Und dieser blieb nicht aus. Zwar sicherten die meisten Mächte in nichtssagenden Formeln der Republik volle Wahlfreiheit zu, allein Rußland und Preußen hatten sich schon über den neuen Herrscher geeinigt. Stanislaus Poniatowski, ein Mann von reichen Kenntnissen, angenehmen Sitten, glücklichen Talenten und einnehmender Körperbildung, der Günstling der russischen Kaiserin, war zum Könige Polens ausersehen. Im Übrigen hatten beide Mächte festgesetzt, daß Polen ein Wahlreich, die Verfassung mit dem Krebsschaden des liberum veto unverändert bleiben und die Dissidenten mit den Katholiken gleichgestellt werden sollten. Vor der Eröffnung des Reichstages versuchten wohl einzelne Vaterlandsfreunde, die Parteien zu versöhnen, aber vergebens; selbst die eindringlichen Vorstellungen des Erzbischofs von Gnesen, welcher freimüthig den in der Geschichte beispiellosen Zustand des polnischen Reiches mit unheilverkündenden Worten schilderte, verhallten wirkungslos.

Was keinem Verständigen zweifelhaft sein konnte, trat ein: Stanislaus Poniatowski wurde am 7. September 1764 zum Könige gewählt. Die nächste Frage, welche unter dem neuen Herrscher in den Vordergrund trat, betraf die staatliche und kirchliche Anerkennung der nach und nach aller Rechte beraubten Dissidenten. Im Verein mit Schweden, Dänemark und England machten Preußen und Rußland beim Könige Vorstellungen zu Gunsten der Nichtkatholiken. Dieser zeigte sich auch zu Reformen geneigt, allein auf Betreiben des Klerus wurden alle hierauf bezüglichen Vorschläge vom Adel auf dem Reichstage verworfen, ein Schritt, der auch politisch in keiner Weise zweckmäßig war. Die nächste Folge dieser Unnachgiebigkeit der katholischen Partei war, daß die Dissidenten zu Radom eine General-Conföderation bildeten, um unter russischem Beistand ihre Forderungen mit Gewalt durchzusetzen. Der Bund erweiterte sich täglich, Danzig, Thorn, Elbing und Kurland, ja selbst viele Katholiken traten ihm bei, und in kurzer Zeit gewährte ihnen der durch Gefangennehmung und Wegführung der einflußreichsten Klerikalen eingeschüchterte Reichstag ihre Forderungen. Diesem Bunde setzten die katholischen Eiferer etwa ein halbes Jahr später die bekannte Conföderation zu Bar in Podolien entgegen, welche Abschüttelung der russischen Übermacht und Entziehung der den Dissidenten gewährleisteten Rechte zum Ziele hatte. Dieses Ereigniß gab den Russen einen neuen Grund zu gewaltthätigem Einschreiten. Der russische Gesandte zwang den Senat zur Bitte, daß die Kaiserin Katharina ihre Truppen aus Polen nicht entfernen möge, und nun begann zwischen diesen und den für Rebellen erklärten Conföderirten ein Kampf, der, was Erbitterung und daraus entspringende Grausamkeit anbetrifft, zu den entsetzlichsten der Geschichte gehört. Es war ein mehr als zweifelhafter Gewinn, den die Conföderirten aus dem Kriege zogen, welchen die Türken zum Schutz der Unabhängigkeit Polens gegen die Russen unternahmen, denn diese blieben überall

Sieger. Auch die spärliche Hülfe, welche Frankreich ihnen gewährte, hatte keine anderen Folgen, als die Russen in Ausbeutung ihrer Überlegenheit nur noch mehr zu bestärken. Diese hatten in Polen zuletzt solche Fortschritte gemacht, daß die Eifersucht der benachbarten und an Polens Schicksal mitinteressirten Staaten rege wurde, und man befürchtete, Rußland werde Polen ganz und gar an sich reißen. Da weder Österreich noch Preußen eine solche Gebietserweiterung ruhig ansehen konnten, beschlossen sie, entweder Rußland zum Aufgeben Polens zu bewegen, oder doch auch ihrerseits Vortheil aus einem etwaigen Sturze des Reiches zu ziehen. Nach mannigfachen Verhandlungen, die zu dem Resultate führten, daß ein selbstständiges Polen, wie es bisher bestand, für die Zukunft unmöglich sei, vereinigten sich die drei Mächte am 5. August 1772 zu einem Theilungsvertrage, in Folge dessen jede das an ihr Gebiet grenzende Stück Polens in Besitz nahm. Es bedurfte des ganzen Scharfsinns juristischer Diplomaten, um für diese willkürliche Occupation verjährte Rechte geltend zu machen; man that es aber in einem Manifest, in welchem zugleich Wiederherstellung der Ruhe und Ordnung in Polen als Grund des Vertrages angegeben wurde. Als sich König und Reichstag widersetzten und die Grundlosigkeit der Ansprüche darlegten, vermochten die Verbündeten nicht anders die Anerkennung ihres Schrittes zu erzwingen, als durch die Drohung, man werde bei fortgesetztem Widerstand ganz Polen theilen. Da erst willigte die Mehrzahl der Landboten in die geforderten Abtretungen, in der Überzeugung, nur durch Nachgiebigkeit sei der Überrest des Vaterlandes zu erhalten.

Mit diesem Ereigniß war der bedeutungsvollste Schritt zu Polens gänzlicher Auflösung gethan. Es verlor fast ein Drittel seines gesammten Ländergebietes, indem Rußland etwa 2000, Österreich etwa 1300 und Preußen 630 Quadratmeilen erhielt, während Polen gegen 9000 Quadratmeilen verblieben. Als seinen Antheil nahm Friedrich der Große das polnische Preußen (Westpreußen) mit Ausnahme von Danzig und Thorn, Ermeland (zu Ostpreußen geschlagen) und den Netzdistrikt in Besitz. Der äußere Akt der Besitznahme wurde durch einen Mann vollzogen, dessen unvergängliche Verdienste um Bromberg und den Netzdistrikt noch öfter Gelegenheit geben werden, ihn näher kennen zu lernen, durch den Kriegs- und Domainenrath Franz Balthasar Schönberg von Brenkenhof in Bromberg. Das organisatorische Talent dieses Mannes war Friedrich dem Großen nicht entgangen. Schon im Frühjahr 1772 hatte er ihn in Bromberg besucht, ihm, der durch seine Bekanntschaften in den höchsten Kreisen des polnischen Adels grade in diesem Bezirk einen bedeutenden Einfluß hatte, den ganzen Vertheilungsplan mitgetheilt und ihn mit der Besitznahme beauftragt. Nach dem Wortlaute des Abtretungsvertrages vom 18. September 1773 sollte „die Netze die Grenzen der Staaten Seiner Königlichen Majestät von Preußen ausmachen, und dieser Fluß ihr ganz allein angehören", und Brenkenhof sollte daher beide Ufer der Netze eingrenzen, wobei Rynarzewo den äußersten Punkt bilden sollte. Mit einer sehr geringen Mannschaft, einem Fähndrich und zwölf Dragonern, gelang es Brenkenhof, sich seines Auftrages nicht blos auf das Beste zu entledigen, sondern sogar noch mehr in

Besitz zu nehmen, als der König ihm geheißen. Während er sich nämlich in dem an der Netze belegenen Städtchen Samoczyn behufs der Grenzregulirung befand, kam in einer Nacht ganz unerkannt auf einem Bauernwagen seine langjährige Freundin, die Generalin von Skorzewska, zu ihm, und bat ihn auf das inständigste, er möge doch nicht Rynarzewo zum Grenzpunkte machen, sondern noch ihre bedeutendsten Güter Labischin und Barcin mit zu Preußen schlagen, denn da man in Warschau ihre gut preußische Gesinnung erfahren habe, werde man ohne Zweifel alle ihre Güter, welche an Polen verblieben, confisciren. Brenkenhof gewährte ihr die Bitte, nahm die bezeichneten Güter nebst den Kaczkower Hauländern, welche fast von lauter Deutschen bewohnt waren, für Preußen in Besitz und brachte auf diese Weise etwa 2000 Familien mehr dem Staate zu. Als er dem Könige diesen Vorfall meldete, erhielt er nicht nur dessen volle Anerkennung und Bestätigung, sondern bald darauf den schriftlichen und mündlichen Befehl, die Grenzen ganz unvermerkt abermals noch etwas zu erweitern. Er sollte aber die Sache so einrichten, daß, im Fall dieses Unternehmen auf Widerstand stoßen und Irrungen daraus entstehen sollten, Niemandem deswegen eine rechte Schuld beizumessen sei. Mit aller Vorsicht und ohne Widerstand zu finden, schob Brenkenhof zum zweiten Mal die Grenzen des Netzdistriktes hinaus und brachte 15 Städte und 516 Dörfer mit einer Einwohnerzahl von 46812 Seelen unter Preußens Hoheit. Die Revenüen dieses Landstriches betrugen ohne Salz- Zoll- Stempel- und Forstgefälle 53316 Thaler und 3 Groschen. Das Gelingen dieser zweiten Grenzerweiterung machte Friedrich noch kühner. Im Jahre 1774 fand sich, daß die Netze ihren Ursprung erst beim Kloster Komodellen, noch oberhalb Sempolno's habe, deshalb erhielt, weil die ganze Netze an Preußen fallen sollte, Brenkenhof zum dritten Mal den Auftrag, die Grenze nach diesem Maßstabe zu erweitern. Abermals kamen 13 Städte und 350 Dörfer mit 18179 Einwohnern an Preußen, welche 26569 Thaler Revenüen einbrachten. Um diesen neueingegrenzten Netzdistrikt auch durch einen äußerlichen Akt als zu Preußen gehörig zu kennzeichnen, gab Friedrich seinem so zuverlässigen Diener Brenkenhof den nicht ungefährlichen Auftrag, am 22. Mai 1775 zu Inowraclaw die Huldigung dieses Landes entgegenzunehmen. Die Nachricht hiervon erregte am Hofe zu Warschau die größte Erbitterung; in gedruckten Befehlen untersagte man Jedem, unter Androhung des Verlustes von Amt und Besitz, die geforderte Huldigung zu leisten; diese Befehle streuten reitende Bauern überall aus, man schlug sie des Nachts in den Städten an die Straßenecken und selbst an Brenkenhofs Wohnung zu Inowraclaw an; ein polnischer General lagerte sich mit fünf Fahnen kaum zwei Meilen von Inowraclaw, allerdings getrennt durch den eine halbe Meile breiten Bachorze-Morast, durch welchen nur drei schmale Wege, höchstens breit genug für zwei Pferde, führten. Brenkenhof hatte zu seiner Bedeckung nur 150 Mann, meist lauter geborne Polen, bei sich, besetzte aber mit den zuverlässigsten Soldaten die Durchgänge durch die Bachorze und nahm am anderen Tage, als die zur Huldigung berufenen Personen erschienen waren, dieselbe im Namen des Königs entgegen. Hiermit war die Occupation des Netzdistriktes durch Friedrich den Großen beendet. Allein der König war mit seinen nachträglichen, heimlichen Grenzerweiterungen doch zu weit gegangen, die Krone Polens erhob Einsprache gegen dies eigenmächtige Vorgehen des Königs, und er mußte, um die Aufregung zu beschwichtigen, in einem Vergleiche des Jahres 1775 den Goplokreis mit den Amtskreisen Notez, Wileżyn, Powidz, Kasimirz und Slupce wieder herausgeben. Das übrige Land verblieb aber unter dem officiellen Namen „Netzdistrikt" der Krone Preußens.

Mit der Besitznahme des Netzdistriktes und der übrigen genannten Gebiete war Preußens Erwerbung so wenig, wie Polens Zerstückelung abgeschlossen. Neue Versuche, das sterbende Reich wieder zum Leben zu führen, beschleunigten nur seinen Tod. Die Verfassung Polens war durch Katharina's Alles erdrückenden Einfluß unverändert geblieben, alle ihre Mängel: Wahlreich, das liberum veto, Leibeigenschaft, Nichtigkeit der Stände waren sorgfältig conservirt worden, und, um das Land ganz von Rußland abhängig zu machen, ein immerwährender Rath von 36 Personen eingesetzt, der Alles zum Vortheil der Russen entschied. Selbstständig konnte Polen sich diesem furchtbaren Drucke nicht entwinden, es bedurfte Verbündeter, und fand einen, wie es schien, zuverlässigen in dem Preußenkönige Friedrich Wilhelm dem Zweiten, der unter der Bedingung, daß Danzig und Thorn ihm abgetreten werde, Polen Beistand versprach. Unter dieses Monarchen Schutz glaubte man nun, getrost und ungefährdet an die innere Wiedergeburt Polens gehen zu können, neuer Muth und neue Hoffnung erfaßte alle Patrioten, und selbst der schwache König vermochte der allgemeinen Begeisterung, die zur Abschüttelung des russischen Joches trieb, sich nicht zu verschließen. Die Fehler der Verfassung lagen klar vor Augen, man hatte sie nicht nur in Jahrhunderte langem Unglück, sondern auch durch zweijährige gründliche Erörterungen kennen gelernt. Eine neue Verfassung mußte gegeben werden; sie war als Ergebniß aus jenen Erörterungen über die alte hervorgegangen und wurde am 3. Mai 1791, ehe die Russen ihre wenigen Anhänger zu einem wirksamen Gegenzuge vereinigen konnten, von einem Reichstage, der von doppelt so viel Abgesandten, als jeder frühere, beschickt war, mit allen gegen 12 Stimmen angenommen. Die bedeutendsten Fehler der früheren waren in der neuen zweckmäßig verbessert: Abschaffung des Wahlkönigthums, Verwandlung Polens in eine erbliche Monarchie, Vernichtung des liberum veto, Ertheilung des Repräsentativrechts an die Städte, Gewährung der Religionsfreiheit für die Dissidenten und ähnliche Vorzüge hatte sie vor der alten voraus, wenn sie auch die Privilegien und Vorrechte des Adels mit ihr gemeinsam hatte. Sie fand daher fast in ganz Europa allgemeinen Beifall und verdient ihn gewiß, wenn man bedenkt, daß sie eine der ältesten Verfassungen und unter den ungünstigsten Umständen entstanden ist. Selbst Katharina schien mit der neuen Wendung der Dinge in Polen äußerlich nicht unzufrieden, nicht, weil sie Polen wirklich zu neuem Leben erwacht wünschte, sondern weil sie durch einen blutigen Türkenkrieg am thätigen Eingreifen verhindert war. Kaum aber hatte sie sich in dem Frieden von Jassy die Hände frei gemacht, als sie in der Hoffnung auf Unterstützung von den mit der neuen

Verfassung Unzufriedenen ihre Vernichtungspolitik gegen Polen wieder aufnahm. Und sie hatte sich in der Uneinigkeit des polnischen Adels nicht verrechnet. Kaum ein Jahr nach Proclamation der neuen Verfassung schlossen die Anhänger der Kaiserin die Conföderation von Targowicz zum Sturze der Verfassung vom 3. Mai 1791, riefen Katharina's Hülfe an, um, wie es hieß, der Republik die ihr geraubten Freiheiten wiederzugeben, und bald stand ein großes russisches Heer im Herzen Polens. Der erste, welcher alle Versprechungen und Schwüre vergessend von der Sache des Vaterlandes abfiel und sich, durch Katharina's Drohung geschreckt, der Targowiczer Vereinigung anschloß, war Polens schwacher König selbst. Auch der Kaiser von Österreich und der König von Preußen mochten einem Volke ihre Hülfe nicht gewähren, welches sie von jacobinischen Freiheitsideen, wie sie damals in Frankreich sich geltend machten, und von revolutionären Absichten erfüllt wähnten, und so war Polen abermals der Willkür und Habsucht der russischen Despotin preisgegeben. Im April 1793 erklärten Rußland und Preußen, daß man, um die Verbreitung des demokratischen Jacobinismus von Polen aus über die Nachbarstaaten zu hindern, gezwungen sei, Polen in engere Grenzen einzuschließen, Preußen besetzte die westlichen Landstriche Polens und zwang Danzig zur Übergabe, während russische Truppen den Reichstag des 22. Juli zur Anerkennung der Forderungen Katharina's und Genehmigung der Abtretungen an Rußland bestimmten. Die Hoffnung der Polen, durch Nachgiebigkeit gegen Katharina Preußens Ansprüche zu vereiteln, ging nicht in Erfüllung. Zwei Monate später, als die kühnsten Gegner Preußens auf dem Reichstage durch russische Soldaten weggeführt waren, und die übrige Versammlung den Forderungen nichts als beharrliches Schweigen entgegensetzte, deutete man dieses als Zustimmung und auch Preußen erlangte, was es wollte. Abermals wurde Polen um ein Drittel seines ursprünglichen Umfanges verkleinert, Rußland erhielt über 4000 Quadratmeilen, Preußen 1000, darunter die Woywodschaften Posen, Gnesen, Kalisch, und die Städte Danzig und Thorn.

Jetzt war das mächtige Reich, dessen Gebiet einst Frankreichs und Spaniens Ländermassen zusammen aufwog, bis auf 4400 Meilen zusammengeschrumpft, auch dieser Überrest in seinen Freiheiten nur noch ein Schatten. Katharina's Gesandter in Warschau, der heuchlerische, rohe, despotische Igelström, setzte mit eiserner Wucht seinen Fuß auf den Nacken des niedergeworfenen Landes, und in rasender Verzweiflung erhob es noch einmal seinen ohnmächtigen Arm zu einem blutigen Schlag auf seinen Unterdrücker. Eine weitverzweigte Verschwörung vereinigte die Kräfte des Landes zur Sprengung der Fesseln. Der tapfere Kosciusko, der unter Washington's Fahnen in Amerika seine ersten Lorbeeren errungen, trat an die Spitze der kampfes- und todesmuthigen Jugend und focht, nachdem am Gründonnerstage des Jahres 1794 die russische Besatzung in Warschau durch einen Aufstand der Polen theils niedergemacht, theils gefangen genommen war, ruhmvoll, nicht ohne Erfolg, aber ohne Aussicht auf ein glückliches Gelingen, gegen die russischen Heere. Auch in den der Krone Preußen zugefallenen Ländern blieb man nicht unthätig, auch hier erhob sich ein Aufstand, der wenigstens soviel bewirkte, daß Preußen die Russen nicht unterstützen konnte. Allein die immerhin geringen Erfolge der Polen machten deren Feinde um so einiger. Im Einverständnisse mit Preußen und Österreich schickte Katharina den grausamsten und furchtbarsten ihrer Feldherrn, Suwaroff, mit einem großen Heere nach Polen. Kosciusko erlag der Übermacht und gerieth schwer verwundet in russische Gefangenschaft. Am 4. November wurde Warschau's Vorstadt Praga von Suwaroff genommen, und nach einem entsetzlichen Blutbade hielt der Sieger seinen glänzenden Einzug in die Hauptstadt. Der König Stanislaus Poniatowski mußte die Krone niederlegen, und die drei Mächte theilten nun auch den letzten Rest Polens unter einander.

So ward das Reich zertrümmert, allein aus seinen Ruinen sproßte neues Leben. Und darin mögen die, welche das furchtbare Schicksal des unglücklichen Staates mit Trauer erfüllt, Trost finden: das Ende von Polens äußerer Selbstständigkeit wurde, das können wenigstens wir Bewohner des Netzdistriktes aussprechen, der Anfang glücklicherer Entwickelung und frischeren Lebens im Innern.

Die Wasserstraße.

Der nicht erfreuliche Zustand, in welchem sich die polnischen Landestheile zur Zeit ihrer Besitzergreifung durch Friedrich den Großen befanden, ist oft geschildert worden; von Vielen ausführlicher, von Wenigen ebenso treffend, von Keinem so schlicht und anziehend zugleich, wie von Gustav Freytag, der in seinen Bildern „Aus neuer Zeit" folgende Skizze davon entwirft:

„Dem Land und den meisten deutschen Städten war die energische Hilfe des Königs Rettung vom Untergange. Die preußischen Beamten, welche in das Land geschickt wurden, waren erstaunt über die Trostlosigkeit der unerhörten Verhältnisse, welche wenige Tagereisen von ihrer Hauptstadt bestanden. Nur einige größere Städte, in denen das deutsche Leben durch feste Mauern und den alten Marktverkehr unterhalten wurde, und geschützte Landstriche, welche ausschließlich von Deutschen bewohnt wurden, wie die Niederung bei Danzig, die Dörfer unter der milden Herrschaft der Cistercienser von Oliva und die wohlhabenden deutschen Ortschaften des katholischen Ermelands, lebten in erträglichen Zuständen. Andere Städte lagen in Trümmern, wie die meisten Höfe des Flachlandes. Bromberg, die deutsche Colonistenstadt, fanden die Preußen in Schutt und Ruinen. Es ist noch heute nicht möglich genau zu ermitteln, wie die Stadt in diesen Zustand gekommen ist, ja die Schicksale, welche der ganze Netzdistrikt in den letzten neun Jahren vor der preußischen Besitznahme erduldet hat, sind völlig unbekannt, kein Geschichtsschreiber, keine Urkunde, keine Aufzeichnung giebt Bericht über die Zerstörung und das Gemetzel, welches dort verwüstet haben muß. Offenbar haben die polnischen Fractionen sich unter einander geschlagen, Mißeruten und Seuchen mögen das Übrige gethan haben. Kulm hatte aus alter Zeit seine wohlgefügten Mauern und die stattlichen Kirchen erhalten, aber in den Straßen ragten die Hälse der Hauskeller über das morsche Holz und die Ziegelbrocken der zerfallenen Gebäude hervor, ganze Straßen bestanden nur aus solchen Kellerräumen, in denen elende Bewohner hausten. Von den vierzig Häusern des großen Marktplatzes hatten achtundzwanzig keine Thüren, keine Dächer, keine Fenster und keine Eigenthümer. In ähnlicher Verfassung waren andere Städte.

Auch die Mehrzahl des Landvolks lebte in Zuständen, welche den Beamten des Königs jämmerlich schienen, zumal an der Grenze Pommerns, wo die wendischen Kassuben saßen. Wer dort einem Dorf nahte, der sah graue Hütten und zerrissene Strohdächer auf kahler Fläche, ohne einen Baum, ohne einen Garten — nur die Sauerkirschbäume waren altheimisch. Die Häuser waren aus hölzernen Sprossen gebaut, mit Lehm ausgeklebt; durch die Hausthür trat man in die Stube mit großem Heerd ohne Schornstein, Stubenöfen waren unbekannt, selten wurde ein Licht angezündet, nur der Kienspahn erhellte das Dunkel der langen Winterabende, das Hauptstück des elenden Hausraths war das Crucifix, darunter der Napf mit Weihwasser. Das schmutzige und wüste Volk lebte von Brei aus Roggenmehl, oft nur von Kräutern, die sie als Kohl zur Suppe kochten, von Heringen und Branntwein, dem Frauen und Männer unterlagen. Brod wurde von nur den Reichsten gebacken. Viele hatten in ihrem Leben nie einen solchen Leckerbissen gegessen, in wenig Dörfern stand ein Backofen. Hielten die Leute ja einmal Bienenstöcke, so verkauften sie den Honig an die Städter, außerdem geschnitzte Löffel und gestohlene Rinde, dafür erstanden sie auf den Jahrmärkten den groben blauen Tuchrock, die schwarze Pelzmütze und das hellrothe Kopftuch für ihre Frauen. Nicht häufig war ein Webestuhl, das Spinnrad kannte man gar nicht. Die Preußen hörten dort kein Volkslied, keinen Tanz, keine Musik, Freuden, denen auch der elendeste Pole nicht entsagt; stumm und schwerfällig trank das Volk den schlechten Branntwein, prügelte sich und taumelte in die Winkel. Auch der Bauernadel unterschied sich kaum von den Bauern, er führte seinen Hakenpflug selbst und klapperte in Holzpantoffeln auf dem ungedielten Fußboden seiner Hütte. Schwer wurde es auch dem Preußenkönig, diesem Volke zu nützen. Nur die Kartoffeln verbreiteten sich schnell, aber noch lange wurden die befohlenen Obstpflanzungen von dem Volke zerstört, und alle anderen Kulturversuche fanden Widerstand.

Ebenso dürftig und verfallen waren die Grenzstriche mit polnischer Bevölkerung, aber der polnische Bauer bewahrte in seiner Armseligkeit und Unordnung wenigstens die größere Regsamkeit seines Stammes. Selbst auf den Gütern der größeren Edelleute, der Starosten und der Krone waren alle Wirthschaftsgebäude verfallen und unbrauchbar. Wer einen Brief befördern wollte, mußte einen besonderen Boten schicken, denn es gab keine Post im Lande; freilich fühlte man in den Dörfern auch nicht das Bedürfniß darnach, denn ein großer Theil der Edelleute konnte so wenig lesen und schreiben wie die Bauern. Wer erkrankte, fand keine Hilfe als die Geheimmittel einer alten Dorffrau, denn es gab im ganzen Lande keine Apotheken. Wer einen Rock bedurfte, that wohl, selbst die Nadel in die Hand zu nehmen, denn auf viele Meilen weit war kein Schneider zu finden, wenn er nicht abenteuernd durch das Land zog. Wer ein Haus bauen wollte, der mochte zusehen, wo er von Westen her Handwerker gewann. Noch lebte das Volk in ohnmächtigem Kampf mit den Heerden der Wölfe, wenig Dörfer, welchen nicht in jedem Winter Menschen und Thiere decimirt wurden. Brachen die Pocken aus, kam eine ansteckende Krankheit ins Land, dann sahen die Leute die weiße Gestalt der Pest durch die Luft fliegen und sich auf ihren Hütten niederlassen, sie wußten, was solche Erscheinung bedeutete, es war Veröbung ihrer Hütten, Untergang ganzer Gemeinden, in dumpfer Ergebenheit erwarteten sie dies Geschick. — Es gab kaum eine Rechtspflege im Lande, nur die größeren Städte bewahrten unkräftige Gerichte, der Edelmann, der Starost verfügten mit schrankenloser Willkür ihre Strafen, sie schlugen und warfen in scheußlichen Kerker nicht nur den Bauer, auch den Bürger der Landstädte, der unter ihnen saß oder in ihre Hände fiel. In den Händeln, die sie untereinander hatten, kämpften sie durch Bestechung bei den wenigen Gerichtshöfen, die über sie urtheilen durften; in den letzten Jahren hatte auch das fast aufgehört, sie suchten ihre Rache auf eigene Faust durch Überfall und blutige Hiebe."

Daß diese Schilderung des Zustandes in unserer Provinz nicht übertrieben ist, lehrt ein officieller Bericht aus dem Jahre 1773, der sich in den Akten der Bromberger Regierung befindet. Er bestätigt und ergänzt sie folgendermaßen: „Die Viehracen waren schlecht und entartet, die Ackergeräthe in hohem Grade unvollkommen und außer der Pflugschar ohne alles Eisen, die Äcker waren ausgesogen, voller Unkraut und Steine, die Wiesen versumpft, die Wälder, nur um das Holz zu verkaufen, unordentlich ausgehauen und gelichtet, das Land wüst und leer. Die alten festen Städte, sogenannte Schlösser, lagen in Schutt und Trümmern, ebenso die meisten kleinen Städte und Dörfer. Die meisten der vorhandenen Wohnungen schienen größtentheils kaum geeignet, menschlichen Wesen zum Aufenthalte zu dienen. Die roheste Kunst, der ungebildetste Geschmack, die ärmlichsten Mittel hatten aus Lehm und Stroh elende Hütten zusammengestellt. Durch unaufhörliche Kriege und Fehden der vergangenen Jahrhunderte, durch Feuersbrünste und Seuchen, durch die mangelhafteste Verwaltung war das Land entvölkert und entsittlicht. Die Justizpflege lag ebenso im Argen, wie die Verwaltung. Der Bauernstand war ganz verkommen. Ein Bürgerstand existirte gar nicht. Der Netzdistrikt war fast ganz entvölkert, so daß z. B. die Stadt Bromberg im Jahre 1772 kaum 800 Einwohner besaß. Wald und Sumpf nahmen die Stätten ein, wo vordem — nach den noch jetzt vorhandenen altgermanischen Begräbnißplätzen zu urtheilen — eine zahlreiche Bevölkerung Platz gefunden hatte."

Von einem solchen Lande konnte Friedrich der Große, auch ohne Rücksicht auf seine politische Verkommenheit, mit Recht an d´Alembert schreiben: „Man hat mir ein Stückchen Anarchie gegeben, mit dessen Umwandlung ich mich beschäftigen muß." Und mit gewohnter Energie nahm er diese Umwandlung vor. Grade durch das ungeheure Feld, das hier der bessernden Thätigkeit geboten war, wurde die neue Provinz das Schoßkind des großen Königs. Der Zeit und der Wichtigkeit nach erste Schritt, den der König zur Hebung des tief gesunkenen Landes that, war die Anlegung einer Wasserstraße zwischen der Netze und der Brahe, welche die Verbindung der Nord- und Ostsee vermitteln sollte: die Anlegung des Bromberger Kanals. Die Bedeutung, welche eine Wasserstraße für die an Verkehrswegen so überaus arme Provinz haben mußte, konnte nicht verkannt werden. War einmal eine Communication zwischen Elbe, Oder und Weichsel eröffnet, so wurde die Provinz Durchgangsstation für den Handel von Westen nach Osten und hatte auch für die eigenen Produkte, besonders Holz und Getreide, die bisher versagte Möglichkeit des Absatzes.

Bei der schon erwähnten Besprechung zwischen Friedrich dem Großen und Brenkenhof zu Bromberg war es, wo der König an den organisatorischen Mann die Frage that, ob er es für möglich halte, die Netze schiffbar zu machen und sie mit der Weichsel zu verbinden. Hierauf konnte dieser eine bejahende Antwort geben. Bei einem Besuche nämlich, den er seiner Freundin, der Gräfin Skorzewska auf deren Labischinschen Gütern abstattete, hatte Brenkenhof sich auf folgende Art von der Möglichkeit einer Wasserverbindung zwischen Netze und Brahe überzeugt. Die Netze bildete bei Labischin umfangreiche Brücher, welche dadurch nutzbar gemacht wurden, daß man das Holz derselben zu Asche verbrannte und diese Behufs weiterer Versendung vier Meilen bis an die Weichsel schaffte. Um diese unbequeme und kostspielige Art der Versendung zu vermeiden, hatte ein Vorfahr der Gräfin, Namens Malachowski, den Plan gefaßt, einen Kanal bis zur Weichsel graben zu lassen, dessen Spuren Brenkenhof in die Augen fielen. Auf sein Befragen erfuhr er den Zweck des Kanals, daß man aber bei seiner Anlegung sehr unvorsichtig zu Werke gegangen sei, indem man nicht bedachte, daß ein hoher Sandberg, der am Ende des Kanals vorlag, die Vollendung desselben äußerst kostspielig und schwierig machte, um so mehr, als das Gebiet dort nicht mehr zu Labischin gehörte. Brenkenhof ritt bis an den bezeichneten Berg, um das Ende des Kanals zu sehen und gewahrte, als er den Gipfel des Berges erreicht hatte, eine Vertiefung zwischen den Bergen von der Netze nach der Brahe, grade auf Bromberg zu. Was aber das Entscheidende war, er konnte mit bloßem Auge bemerken, daß die Netze beträchtlich höher als die Brahe lag, daß also ein Schleusen-Kanal hergestellt werden konnte. Diese Beobachtung theilte Brenkenhof dem Könige auf jene Frage mit, und schon am 29. März 1772 erhielt er aus Berlin den Bescheid, daß der König noch in demselben Jahre mit der Anlegung des Kanals den Anfang machen wolle, und er deshalb einen Überschlag anfertigen solle, auf wie hoch sich die Kosten desselben etwa belaufen würden. Brenkenhof reiste selbst nach Potsdam zum Könige und berechnete ihm die Kosten auf 231,180 Thaler und 16 Groschen. Sogleich wurde eine technische Direktion ernannt, zu welcher der neumärkische Baudirektor Hahn, der Bauinspektor Dornstein zu Müllrose und Jawein aus Rügenwalde gehörten, und mit fast übertriebener Schnelligkeit ging es unter Brenkenhofs Oberleitung an ein Werk, dessen Schwierigkeiten wir Spätergebornen uns kaum bedeutend genug vorstellen können.

Die Strecke zwischen Bromberg und Nakel, wo jetzt der Kanal geht, gehörte, wie schon einmal bemerkt wurde, zum alten Weichselbett. Dort, wo heute herrliche Alleen zahlreiche Spaziergänger die reinlichen Ufer entlang führen, wo freundliche Häuser und Gärten zur Ruhe einladen, dehnte sich vor hundert Jahren ein breiter, unfruchtbarer Morast aus. Er wies dem Kanal das natürliche Bett. In seinen sumpfigen Boden mußten die Pfähle für die Schleusen eingeräumt werden, in ihnen mußten die Arbeiter Tag und Nacht, oft bis unter die Arme von eiskaltem, übelriechendem Wasser bespült, stehen, um das Kanalbett zu graben und feste Uferböschungen zu gewinnen. Dazu fehlte es zum Baue selbst an allem Nöthigen. Steine waren in der ganzen Umgegend nirgend zu finden, Arbeiter noch weniger. Das durch Krieg und Pest furchtbar heimgesuchte Land war fast menschenleer, eine traurige Einöde, die den Kanalarbeitern Nichts gewähren konnte, als einen ungesunden sumpfigen Boden zur Ruhestätte und dürftiges Getreide zur Nahrung. Unfruchtbare Jahre und schlechte Bestellung der Äcker hatten das Land selbst um dieses sonst reichlich vorhandene Erzeugniß gebracht. Doch vermochten diese zu Tage liegenden Schwierigkeiten nicht, den eisernen Willen des Königs zu brechen. Es lag nicht in seinem Charakter, einmal gefaßte Pläne äußerer Hindernisse wegen aufzugeben. Er vertraute, was den Mangel an Arbeitern im Lande selbst anbetraf, auf Brenkenhofs ausgedehnte Bekanntschaften und großen Einfluß, und hoffte, was an festerem Baumaterial fehlte, durch Holz, das sich in der neuen Provinz im Überfluß vorfand, zu ersetzen. Übrigens hatte er für Bauholz schon vor der eigentlichen Occupation gesorgt. Als nämlich der König bei seiner Anwesenheit in Bromberg sich von Brenkenhof die Gegend zeigen ließ, wo der Kanal angefangen werden mußte, bemerkte er, daß die ganze Brahe mit vortrefflichem Holze, welches größtentheils in der Tuchelschen Starostei-Haide gefällt war, bedeckt war. Da es in dem steinarmen Lande sich von selbst gebot, hölzerne Schleusen anzulegen, so schien Friedrich dieses Holz eine äußerst passende Acquisition zu sein. Er befahl daher dem Major von Zabeltitz, welcher mit zweihundert Mann Brenkenhof zur Verfügung gestellt war, das Holz zu bewachen, da es für den Kanalbau verwendet werden sollte, und dieser nahm es sofort als königliches Besitzthum in Beschlag. Der sparsame Monarch hatte an dieser billigen Erwerbung seine Freude.

Arbeiter mußte Brenkenhof aus allen Theilen Deutschlands verschreiben. Aus Sachsen, Anhalt, Böhmen, Thüringen kamen deren eine große Menge oft mit Weib und Kind herüber, und man schätzt die Anzahl der beim Kanalbau beschäftigten Leute auf sechstausend. Mit großer Sorgfalt und nicht ohne eigene bedeutende Opfer nahm sich Brenkenhof der Arbeiter an. Da ihnen das Land selbst nur äußerst dürftige Nahrung gewährte, so ließ er es sich angelegen sein, ihnen Brod und Fleisch zu erträglichen Preisen von außerhalb zu schaffen. Er ließ große Heerden Rindvieh aufkaufen und nach Bromberg transportiren, das Brod in großen Bäckereien für Alle backen und gab es dann zu dem Einkaufs- oder Herstellungspreise ab. So machte er es möglich, daß seine Arbeiter das Pfund Fleisch zu einem Groschen, das Pfund Brod zu sechs Pfennigen, für ebensoviel ein Quart Bier und ein Quart Branntwein zu vier Groschen bekommen konnten. Selbst große Verluste, die er bei seinen Einkäufen im Großen erlitt, wie z. B. bei einem Transporte hundert und achtzig Rinder einer Seuche erlagen, vermochten nicht, ihn von seinen wohlthätigen Einrichtungen abzubringen. Noch nach einer anderen Seite bethätigte Brenkenhof seinen Sinn für gemeinnützige Unternehmungen. Bei der Eile, womit der Kanalbau betrieben wurde, war es nicht möglich, den morastigen Boden durch Abzugskanäle, die vorher hätten angelegt werden müssen, von dem ungesunden und die Arbeit bedeutend erschwerenden Wasser zu befreien. Die Folge davon war, daß sich bei sehr vielen der im Wasser beschäftigten Arbeiter Krankheiten einstellten, die bisweilen einen sehr gefährlichen Character annahmen. Namentlich war es die rothe Ruhr, die in Folge der vielfachen Erkältungen zahlreiche Opfer forderte. Zwar sorgte Brenkenhof durch alle nur möglichen Lazarethanstalten für Aufnahme der Kranken, so daß sich oft gegen vierhundert Menschen in den Krankenhäusern befanden, doch konnte er bei der sehr großen Zahl von Arbeitern und bei völligem Mangel bewohnbarer Gebäude weitaus nicht für alle Kranke ein Obdach schaffen. Sie mußten zum Theil in Strauchhütten auf freiem Felde liegen, wodurch natürlich die Genesung sehr erschwert, wenn nicht unmöglich gemacht wurde. Von den sechstausend Arbeitern, die beim Kanalbau beschäftigt waren, starben gegen eintausend fünfhundert, also der vierte Mann. Unter diesen waren viele von den Aufsehern und den treusten Mitarbeitern Brenkenhofs, ja dieser selbst büßte hierbei seine Gesundheit ein. Wie für die Kranken so sorgte Brenkenhof, so viel in seinen Kräften stand, auch für die Hinterbliebenen, indem er theils seine Bekannten bewog, solche als Arbeiter auf ihre Besitzungen zu nehmen, theils selbst gegen fünfzig auf seine Güter in der Neumark bringen ließ. So waren die Opfer, welche die Anlage unseres Kanals kostete, nicht gering. Es gehörte die Energie des großen Königs und die Umsicht des humanen Mannes dazu, ein solches Werk zu vollenden, und es ziemt sich, daß wir, denen jene Opfer zu Gute kommen, Beider dankbar gedenken.

Der etwa vier Meilen lange Kanal ist in seinem Laufe allen Brombergern wohl bekannt, denn die herrlichen Promenaden an seinen beiden Ufern zählen mit Recht zu den schönsten und besuchtesten Punkten Brombergs. Er geht in ziemlich grader westlicher Richtung bis nach Nakel und hat bei einer Tiefe von 3½ und einer Breite von 28 Fuß, welche Raum für zwei nebeneinanderfahrende Oderkähne oder Holzflöße gewährt, zehn Schleusen. Von diesen liegen die ersten acht in der Nähe von Bromberg, (die achte etwa eine Meile von der Stadt), die beiden letzten bei Nakel. Das Wasser des Kanals fließt nicht, wie in Flüssen, nach einer Richtung hin ab, sondern hat einen Fall nach Bromberg und einen nach Nakel zu. Auf dem höchsten Punkte zwischen beiden Städten, bei der achten Schleuse, empfängt der Kanal sein Wasser aus einem Speisekanal, welcher ihm dasselbe aus der Netze beim Dorfe Eichhorst zuführt. Es war wegen der zu überschreitenden Wasserscheide nicht möglich, gleich direkt von Nakel aus das Wasser in den Kanal zu leiten und es in ein und demselben Gefälle bis nach Bromberg zu führen; man hätte viel zu tief graben müssen, da schon der Spiegel der Netze 63 Fuß und einen Zoll höher liegt als der der Brahe, und von Nakel aus bis zum Speisekanal das Terrain noch bedeutend steigt. Der Bau des Kanals wurde am ersten März 1773 begonnen und mit staunenswerther Schnelligkeit in sechzehn Monaten vollendet, kein Wunder, wenn Friedrich der Große mit Freude und Stolz auf ein solches Werk in menschenleerer Gegend blickte und mit besonderer Vorliebe von demselben sprach. Die Kosten der Anlage überstiegen bei Weitem den ersten Überschlag Brenkenhofs. Ohne das auf der Brahe mit Beschlag belegte Holz zu rechnen, betrugen sie 739,956 Thaler. Hätte man, wie es Brenkenhofs Absicht war, die Schleusen, statt von Holz, massiv von Steinen gebaut, so hätte der Kanal vielleicht noch ein halb Mal soviel gekostet. Allmählig erst wurden die hölzernen Schleusen durch steinerne ersetzt. Den ersten aber vollständig mißlungenen Versuch damit machte man im Jahre 1791. Da sollte bei Bromberg, nicht weit von der ersten Schleuse, eine ganz neue massive angelegt werden, zu welcher die Quadersteine von Rothenburg an der Saale mit einem Kostenaufwande, allein für den Transport, von 24000 Thalern herbeigeschafft wurden. Bei der Prüfung fand man, nachdem einige Pfähle eingerammt waren, den Grund gut, und die Grabenarbeit wurde sofort begonnen. Der Kanal wurde mit Faschinen eingefaßt, die Pfähle gerammt, und eben wollte man mit dem Steinbau beginnen, als der Winter kam und die Arbeit unterbrach. Als man mit beginnendem Frühjahr die Arbeit wieder aufnehmen wollte, sah es auf der Baustelle eigenthümlich aus, kein Pfahl steckte mehr in der Erde, sie hingen aneinander wie alte Pallisaden. Es bestand nämlich die untere Erdlage, worin die Pfähle zu stecken kamen, aus blauem Töpferthon, dieser quoll auf, es sammelte sich Unterwasser, dem man keinen Abzug verschafft hatte, und dieses hob die viel zu kurzen Pfähle aus der Erde. Dieser Versuch kostete etwa 60000 Thaler und hatte, wenigstens vorläufig, nicht den geringsten Erfolg, denn man begnügte sich damals, nach alter guter Art wieder eine hölzerne Schleuse zu bauen. Später gelang es besser, und jetzt sind die meisten Schleusen schön aus Steinen gebaut.

Der segensreiche Einfluß der neuen Wasserstraße begann bald sich zu äußern. Durch die neu eingezogenen Arbeiterfamilien wurde die Einwohnerzahl des Netzdistriktes nicht unbedeutend vermehrt. Sehr viele von ihnen zogen nach Beendigung des Kanalbaues nicht in ihre Heimath zurück, sondern siedelten sich mit dem Gelde, welches sie beim Baue verdient hatten, als Colonisten in unserem Distrikte an. Sie waren fleißige Ackerbauer und trugen wesentlich, besonders seit Friedrich der Große in großem Maßstabe die Einwanderung von Deutschen in seine neuen Landestheile förderte, zur Hebung der Bodenkultur bei. Den in der Provinz schon ansässigen Gutsbesitzern verschaffte der Kanal einen doppelten Vortheil. Zunächst erleichterte der neue Verkehrsweg ihnen den Absatz ihrer Erzeugnisse, namentlich des Holzes, bedeutend, und dann wurde durch den Wasserabfluß, den der Kanal den ausgedehnten Bruchländereien an seinen Ufern verschaffte, bei vielen der Grundbesitzer Anstoß zu umfassenden und einträglichen Meliorationen gegeben. Die Moräste wurden durch Abzugsgräben, welche in den Kanal mündeten, ausgetrocknet, und weite Strecken kulturfähigen Bodens gewonnen. Auch war mit Anlegung des Kanals der Heerd vieler Fieber und anderer Krankheiten zerstört. Zu verschiedenen Zeiten war namentlich Bromberg von pestartigen Krankheiten heimgesucht, besonders furchtbar in den Jahren 1709 bis 1711.

Es unterliegt keinem Zweifel, daß die weiten Sümpfe, die früher zwischen Bromberg und Nakel lagen, die größte Schuld daran trugen. Noch die enorme Sterblichkeit unter den Kanalarbeitern zeigt, wie tödtlich die aus dem Sumpfe sich entwickelnden Miasmen wirkten. Seitdem durch den Kanal die Sümpfe trocken gelegt sind, ist diese Brutstätte der Krankheiten beseitigt, und wenn Bromberg auch von epidemischen Krankheiten nicht ganz verschont geblieben ist, so gehört sie doch entschieden zu einer der gesündesten Städte der preußischen Monarchie.

So war der Kanal der erste Lebensnerv unserer Stadt und unseres Distriktes. Regeren Verkehr, fruchtbareren Boden, gesündere Luft, heiteren Genuß verdanken wir ihm. Mögen wir uns im Sommer in seinen schattigen Allee'n am Gesange der Nachtigallen erfreuen, oder im Winter uns auf seiner glänzenden Eisdecke tummeln, zu jeder Zeit empfinden wir die Wohlthat des Geschenks des großen Königs; und wir erfüllten nur eine Pflicht der Dankbarkeit, als wir diesem Monarchen die eherne Bildsäule setzten, die jetzt in erquickender Ruhe auf unsere Stadt herabschaut.

Neugewonnener Boden.

Friedrich dem Großen war es vergönnt gewesen, sein erstes bedeutendes Werk, das er zum Wohle der neuen Provinz unternommen hatte, schnell und glücklich beendigt zu sehen. Den Abschluß eines zweiten, nicht minder wichtigen, erlebte er nicht mehr. Erst unsere Tage sahen es zu Ende geführt, erst wir erfreuen uns seiner Segnungen.

Die Anlage des Bromberger Schifffahrts-Kanals drängte, da sie alle vorhandenen Kräfte in Anspruch nahm, vorläufig die übrigen Landesverbesserungen, mit deren Ausführung der König sich trug, in den Hintergrund. Nach seiner Vollendung aber wandte sich der nie rastende Monarch mit ebenso großer Hingebung diesen zu, und er fand für seine Thätigkeit im Thale der Netze allerdings ein äußerst fruchtbares Feld. Das Netzthal bot vor hundert Jahren einen ganz anderen Anblick dar, als heute. Wenn wir heute an den Ufern des Flusses ausgedehnte, üppige Wiesen, ergiebige Torflager und fruchtbare Äcker erblicken, so sind dieses Errungenschaften der letzten Jahre; zu Friedrichs des Großen Zeit sah es hier nicht so einladend aus. Da wälzte sich die Netze träge im schlammigen, von Unkraut aller Art angefüllten Bett, sich auf ihrem Laufe zu zahlreichen stagnirenden Seeen erweiternd. Niedrige, von krüpplichen Sträuchern bewachsene Ufer gewährten dem Tritte der Menschen und Thiere einen unsicheren Boden, der, aufgeweicht durch alljährlich sich wiederholende Überschwemmungen, jeder Beackerung und Bepflanzung spottete. Der einzige, kümmerliche Ertrag, den diese ausgedehnten Brücher gewährten, war der an Gesträuch, welches man, wenn starker Frost den Boden gehärtet hatte, fällte und zu Kohlen verbrannte. Aber auch dieser Vortheil wurde reichlich aufgewogen durch den Schaden, welchen das übertretende Wasser und der verdunstende Sumpf den Äckern und der Gesundheit der Anwohner zufügte. Diese Bruchflächen, die sich von den Quellen der Netze bis zu den Grenzen der Neumark hinzogen und einen Raum von etwa acht Quadratmeilen einnahmen, waren es, welche Friedrichs des Großen Fürsorge nach Beendigung des Kanals am meisten in

Anspruch nahmen. Es ist nicht möglich, an dieser Stelle die Bemühungen des Königs um Entwässerung und Urbarmachung der Bruchflächen in ihrem ganzen Umfange zu verfolgen; wir beschränken uns darauf, ein möglichst anschauliches Bild von den Schwierigkeiten, Arbeiten und Erfolgen an einem Theile des Netzflusses zu geben und wählen dazu den oberen Lauf der Netze von ihren Quellen im Goplosee bis zu dem See von Wengierce.

Der Goplosee, von dessen 14365 Morgen Flächeninhalt 10255 zu Preußen, die übrigen zu Polen gehören, liegt auf der kujawischen Hochebene und ist der größte der Seeen, welche die Netze durchfließt. Die Netze, die in ihrem oberen Laufe häufiger Montwey genannt wird, tritt unterhalb Kruschwitz aus der nördlichen Spitze des Goplosee's und durchfließt auf ihrem etwa 2"- Meilen langen Laufe bis zum Wengiercer See noch den Szarlewer See. Diesen Lauf theilt die Chaussee von Strzelno nach Inowraclaw durch ihre Brücke über die Montwey in zwei ziemlich gleiche Hälften. Auf der Strecke von dem Wengiercer See bis nach Nakel wurde der Lauf der Netze von sieben Mühlenwerken unterbrochen, von denen heute noch drei bestehen, das in Labischin, Thur und Chobielin; die ersten vier, zwei bei Pakosc, je eins bei Woydal und Barcin sind jetzt beseitigt. Die Gesammtlänge des oberen Netzlaufes von den Quellen bis Nakel beträgt 16¼ Meilen, von denen 3¼ Meilen auf die von der Netze durchflossenen Seeen kommen. Rechnet man den ebenfalls 3¼ Meilen langen Goplosee hinzu, so ergiebt sich für die obere Netze, die nur von Flößen befahren werden kann, eine Gesammtlänge von 20 Meilen. Von Nakel an wird die Netze schiffbar. Das Gefälle der Netze ist sehr ungleich. Im Ganzen beträgt es auf der Strecke vom Goplosee bis Nakel 81 Fuß, von denen 66 auf den unteren 6¼ Meilen langen Lauf von Labischin an, und nur 15 auf den oberen von 10 Meilen Länge kommen, ein Gefälle, welches durch das Aufstauen des Wassers vor den Mühlen bei Barcin, Woydal und Pakosc fast vollständig aufgehoben wurde. Für unseren Zweck kommt nur der obere Theil der Netze mit dem Goplosee in Betracht, eine etwa 1½ Quadrat-Meile große Fläche, welche, theils überflutetes, theils Bruch-Land, erst vor neun Jahren dem Wasser abgerungen und der Kultur wiedergegeben ist.

Diese großen Bruchländereien am Goplosee fielen der Kriegs- und Domainen-Kammer-Deputation zu Bromberg zunächst in die Augen, als sie unterm 15. Januar 1777 aus Berlin den Auftrag erhielt: „eine ganz genaue Recherche anzustellen, wo Urbarmachungen faisabel sind, die Örter durch geschickte Conducteure aufnehmen, Kostenanschläge und Nutzungs-Erträge anfertigen zu lassen und diese dem Staatsminister v. Gaudi bei seiner Überkunft vorzulegen." Grade an dieser Entwässerung hatte der Staat ein eigenes Interesse, weil in erster Reihe seine beiden Domainen Kruschwitz und Lojewo an dem neuzuerwerbenden Kulturlande participirten. Klagen über das weithin alles Land überflutende Hochwasser im Goplosee und über die Versumpfung der Montwenyser wurden schon seit Jahrhunderten vom kujawischen Adel auf den polnischen Reichstagen beständig wiederholt. Die Schuld schob man irrthümlicher Weise auf die Stauung des Wassers an den beiden Pakoser

Mühlen, und ein polnisches Gesetz vom Jahre 1567 ordnet demgemäß an, daß der Inowraclawsche Starost dort die Stauung des Wassers aufheben solle, damit, wie sich das Gesetz ausdrückt, „die dortige Mühle nicht gereiche den Leuten zum Schaden zu immerwährenden Zeiten." Dieses Gesetz wurde durch die Constitution von 1598 auf Wegschaffung der Staue in allen Flüssen Polens ausgedehnt, und dabei der Montwey noch ausdrücklich gedacht. Trotzdem blieben die Pakoseer Mühlen noch zwei Jahrhunderte bestehen, bis endlich Friedrich der Große sie auf Grund eben jenes polnischen Gesetzes beseitigen ließ. Daß jene Mühlen nicht die Ursache der Überschwemmungen des Goplosee's waren, hat sich später gezeigt. Ihr Einfluß auf den Wasserstand reichte nur bis zum Wengierer See. Vielmehr lagen die Ursachen davon in der Beschaffenheit des Montweybettes vom Wengierer See aufwärts bis zur Brücke. Die Sohle dieser 2260 Ruthen langen Flußstrecke lag so hoch, daß das Wasser des Goplosee's nur beim höchsten Frühjahrsstande darüber einen Abfluß fand. Beim gewöhnlichen Wasserstande floß es über die beiden Ufer nach den Seiten zu ab und blieb auf dem Bruchlande so lange stehen, bis es im Sommer durch Verdunstung verschwand. Unzählige, scharfe Krümmungen des Flußbettes, Kraut und Schilf, zahlreiche Übergänge von Faschinen, Rasen und Steinen, welche von den Uferbesitzern im Flusse angelegt waren, hatten dem Wasser fast allen Abfluß versperrt. Wenn trotzdem der Goplosee bisweilen einen niedrigeren Stand hatte und seine Umgebungen trocken waren, so lag es an den Einwirkungen aufeinanderfolgender trockener Jahre. Kehrt der Turnus der nassen Jahre zurück, so „tritt die Montwey über ihre Ufer, der Goplosee überschwemmt die Bachorze; die Früchte einer kaum begonnenen Kultur, die sich unverdrossen immer wieder der wasserfreien Flächen bemächtigen will, sind verloren; Rohrhorste, Schilfgräser und Giftpflanzen wuchern schnell darüber empor; schwimmende Inseln, von einer üppigen Vegetation bedeckt, treiben vor den Winden auf der unabsehbaren Wasserfläche umher; die Sumpfvögel kehren zurück; Kraniche, Rohrdommeln, Störche, wilde Gänse, Enten, Streithähne, Wasserhühner und Kibitze verkünden bei der Abenddämmerung im buntgemischten Concert ihr heimathliches Reich soweit der Dunstkreis seiner Fieberatmosphäre reicht, und Reineke Fuchs allein beschreitet die ungeheure Wildniß auf unsicheren Pfaden geschäftig und beutelustig."

Einen solchen Zustand hatte das unerhörte Hochwasser des Goplosee's im Jahre 1775 hervorgerufen, und aus allen Theilen der von demselben heimgesuchten Gegend liefen Klagen bei den neuen preußischen Behörden ein, die denn auch bald dem Könige zu Ohren kamen. Der stets und namentlich seinem Schoßkinde zu helfen bereite König ließ noch in demselben Jahre durch 25 Landmesser die überfluteten Flächen feststellen. Die Vorarbeiten wurden zur gewünschten Zeit nicht fertig, der disponible Fonds war bald erschöpft, und erst nach längerer Unterbrechung erhielt das Unternehmen neue Anregung durch die erwähnte Kabinetsordre vom 15. Januar 1777. Das Resultat der nun vollendeten Vermessungs-Arbeiten ergab als zu gewinnende Bodenfläche 34305 Morgen, wovon die Domainen Lojewo und Kruschwitz 7102 erhalten sollten. Darauf arbeitete der Ober-Deich-Inspektor von Morstein einen Entwässerungsplan aus und legte ihn nebst einem Kostenanschlage, der mit 12201 Thaler, also 10'₄ Sgr. pro Morgen, abschloß, der Bromberger Kammer-Deputation vor. Außer den königlichen Domainen sollten 53 adliche Güter und die Städte Inowraclaw und Kruschwitz an dem neu gewonnenen Boden participiren. Als man aber den Gutsbesitzern den Entwässerungsplan vorlegte, erklärten sich von Allen nur zwei zur Zahlung der auf ihr Theil fallenden Kostenbeiträge bereit, die anderen wollten von keiner Melioration etwas wissen und legten den dennoch angestellten Vermessungsarbeiten alle möglichen Hindernisse in den Weg, indem sie z. B. die Feldmesser durch Feuer und Rauch aus ihren Grenzen vertrieben. Nach einer Unterbrechung von sechs Jahren, welche der bayerische Erbfolgekrieg verursachte, wurden endlich die Meliorationsbauten nach dem Plane von Morstein aufgenommen. Am Geburtstage Friedrichs des Großen begannen die Wasserarbeiten mit dem Durchstiche des Montweybettes bei Pakosc. Die Mühlen wurden dem Besitzer, der 11000 Thaler Entschädigung forderte, mit 3235 Thalern vergütet, dann abgebrochen und ein zweiter Durchstich an der Montweybrücke gemacht. Da der Erfolg aber ein sehr unbedeutender war, so wurde auch die Moydaler Mühle abgebrochen, neue Durchstiche angelegt und das Flußbett ausgekrautet. Jetzt traten schon die Wiesen bei Dziarnowo, Lebzezyce und Batkowo 1 Fuß über den Wasserspiegel hervor. Dieses erfreuliche Ergebniß spornte zur Vertiefung des Durchstiches an der Montweybrücke auf 7 Fuß an, und so trat während des Winters 1785—86 eine Senkung des Goplosee's um 28 Zoll ein. Diese ging aber schon im Frühjahr durch zahlreiche Zuflüsse wieder verloren, und der See erreichte jene Tiefe erst im Juni wieder, als es für die Vegetation längst zu spät war. Auch war jene Senkung zur Trockenlegung des Bachorze-Bruches lange nicht ausreichend. Um sie zu steigern, erachtete man Anlegung neuer Durchstiche und Verbreiterung der alten für nothwendig, und noch wenige Monate vor seinem Tode bewilligte Friedrich der Große dazu neue Mittel. Er starb aber inmitten seiner Pläne zur Hebung der Kultur der neuen Provinz, und hinterließ die angefangenen Meliorationen als Vermächtniß seinem Nachfolger.

Schon im Oktober 1787 hielt man die Melioration für vollständig durchgeführt, da durch neue Durchstiche und Aufräumung des Flußbettes der Wasserspiegel an der Montwey-Brücke 3 Fuß 7 Zoll gesunken war; der Bruch bei Lojewo war vollständig abgetrocknet und der bei Kruschwitz schien nur noch innerer Gräben zu bedürfen, um auch ihn nutzen zu können. Doch das nächste Frühjahr schon zerstörte alle Hoffnungen. Ein schneereicher Winter hatte den See wieder über die Ufer getrieben, und die Bachorze stand ganz unter Wasser. Unverdrossen begann man die Arbeit von Neuem, und auch diesmal schien der Erfolg nicht auszubleiben, denn im Monat August 1788 war der Wasserspiegel an der Montweybrücke um 4 Fuß gesenkt, und die Bachorze lag auch an den niedrigsten Stellen trocken. Nach einem so glücklichen Resultat konnte man nun, da man am Ende zu sein glaubte, die Kosten der Anlagen berechnen, und es stellte sich heraus, daß für

Flußregulirungsarbeiten und Mühlenentschädigungen zusammen 26423 Thaler verwendet, also der Morsteinsche Anschlag um das Doppelte überschritten worden war. Die Summe der in den Jahren 1784—88 der Bromberger Kammer zu Meliorations-Zwecken überwiesenen Gelder betrug im Ganzen 109,730 Thaler, welche gleichzeitig auf die Entwässerung der königlichen Ämter Parchanie, Strzelno, Gniewkowo, Bialoslive, sowie auf Regulirung der Küddow und der Netze von Nakel abwärts verwendet wurden.

Die neugewonnenen Ackerflächen wurden nun mit Kolonisten besetzt, welche aber, da man ihnen nur die niedrigsten und am wenigsten fruchtbaren Theile überließ, schnell im Besitze wechselten. Für die Unterhaltung der neuen Durchstiche und Aufräumung des Flußbettes ließ man die Uferbesitzer sorgen, ohne sie dabei einer Kontrole zu unterwerfen. Bald zeigten sich die üblen Folgen dieser Lässigkeit. Das Flußbett war bald wieder in der früheren Verwilderung, die flachen Durchstiche, von den Heerden als Tränke und bequemer Durchgang benutzt, bald ganz zugetreten, und als mit dem Jahre 1798 die trockenen Jahre ein Ende erreichten, vertrieben die von Neuem anschwellenden Fluten des Goplo die Kolonisten aus ihren ärmlichen Hütten, Vieh und Saaten gingen im Wasser zu Grunde. Auch die Palosser Mühle war unter der Hand wieder angelegt worden und äußerte wie früher ihren verderblichen Einfluß auf die Landeskultur. Sie blieb bis 1817 bestehen, trotzdem im Jahre 1806 der französische Marschall Oudinot, als Besitzer der Domaine Lojewo, ihre Beseitigung kategorisch verlangt hatte. Alle Versuche, die zur Durchführung der Meliorationen in den Jahren 1798—1806 gemacht wurden, mißlangen vollständig, und als mit dem Rückfall unseres Distriktes an das Herzogthum Warschau für unser Land die trüben Zeiten wieder begannen, gerieth das große Unternehmen ganz und gar in's Stocken.

Es war einem jüngeren, mit besseren Mitteln ausgerüsteten und der hohen Vortheile der Landeskultur sich mehr bewußten Geschlechte vorbehalten, das Werk des großen Königs zu einem glücklichen Ende zu führen.

Vorerst geschah nach der Reoccupation des Netzdistriktes durch Preußen für Entwässerung der Netzbrücher wenig. Zwar wurde im Jahre 1817 die Palosser Mühle ohne Weiteres nach polizeilicher Verordnung abgebrochen, und bei hohen Wasserständen in den Jahren 1817, 1828 und 1832 Krümmungen des Montwetflusses vorgenommen, doch hatten diese Arbeiten auf Senkung des Wassers im Goplosee, auf die es hauptsächlich ankam, keinen Einfluß. Diese sollte jedoch bald erreicht werden. War auch die Regierung nach Veränßerung der Domainen Kruschwitz und Lojewo nicht mehr speciell bei der Entwässerung mitinteressirt, so war doch die Überzeugung von der Nothwendigkeit einer gründlichen Regulirung des Montwetflusses so allgemein geworden, daß am 28. Mai 1851 eine von den angesehensten Grundbesitzern unterzeichnete Denkschrift an die Bromberger Regierung gelangte, welche die Kalamitäten der fortwährenden Überschwemmungen und die bedeutenden Vortheile einer Senkung des Goplosee's klar darlegte. Nachdem durch das Gesetz vom 11. Mai 1853 über die Bildung von Genossenschaften zu Entwässerungsanlagen auch das letzte Hinderniß beseitigt war, welches bisher derartigen Vereinigungen im Wege stand, begannen noch in demselben Jahre die geometrischen Vorarbeiten, und schon im Mai 1854 wurde den Interessenten ein Generalplan des Meliorations-Terrains vorgelegt, nach welchem 102 Ortschaften an der Melioration betheiligt waren, nämlich: 54 Rittergüter, 29 Bauerndörfer, 7 kleinere Vorwerke, 7 Probsteigüter, 3 Kolonien und die Städte Inowraclaw und Kruschwitz. Aber auch jetzt noch fand das segensreiche Unternehmen mannigfachen Widerstand, der es vielleicht noch auf lange Zeit in Frage gestellt hätte, wenn nicht der außerordentlich hohe Wasserstand des Jahres 1855 alle Widersacher auf keineswegs gelinde Weise eines Bessern belehrt hätte. Die in ihrer Existenz bedrohten Grundbesitzer verstanden sich jetzt zur Bildung einer Genossenschaft, um die Melioration gemeinschaftlich ins Werk zu setzen. Der Inhalt der zu entwässernden Fläche wurde auf 31629 Morgen 11 Quadratruthen festgestellt, das Meliorationsprojekt von dem Bauinspektor Sturzel zu Inowraclaw nach einem im Jahre 1837 aufgenommenen Nivellement des Montweyflusses ausgearbeitet. Danach sollte der Wasserspiegel an der Montweybrücke um 3 Fuß 6 Zoll gesenkt werden, was hinreichte, um auch den Goplosee 3 Fuß fallen zu lassen. Die Kosten für die ganze Melioration wurden auf 86000 Thaler veranschlagt, so daß der Morgen auf 2 Thlr. 21 Sgr. 6 Pf. zu stehen kam. Die Bauzeit wurde auf 4 Jahre angenommen. Dieser Plan wurde den Interessenten im December 1855 zur Prüfung vorgelegt, und im Februar 1856 erklärte sich die Mehrzahl damit einverstanden. Am 24. October desselben Jahres erfolgte die Bestätigung des Statuts „für die Genossenschaft zur Melioration der Ländereien am Goplosee, im Bachorze-Bruch und im Montwey-Thale."

Rüstig begannen nun die Arbeiten unter der Leitung des an Stelle des zu früh verstorbenen Bauinspektor Sturzel zum ausführenden Techniker ernannten Wasserbauinspektor Schulemann, dessen lichtvolle und auch für den Laien anziehende Darstellung dieser Meliorationen unserer Abhandlung zu Grunde liegt. Begünstigt durch eine beispiellose Trockenheit, die z. B. das vollständige Abdämmen des Wassers an der Montweybrücke möglich machte, ohne daß der Goplosee übertrat, sodaß also die Vertiefungsarbeiten unterhalb der Brücke im Trockenen ausgeführt werden konnten, wurde der Bau mit bedeutenden Ersparnissen nicht in 4, wie projektirt war, sondern schon in den 3 Jahren 1857—59 vollständig beendet. Trotz mehrfacher Erweiterungen des ursprünglichen Bauplanes, wie Anlegung neuer, nicht beabsichtigter Durchstiche, Erweiterung des Bettes u. a. m. betrug die Ausgabe für sämmtliche Meliorationsarbeiten im Ganzen nur 72671 Thlr. 26 Sgr. 8 Pf., mithin gegen den ursprünglichen Kostenanschlag weniger 13328 Thlr. 3 Sgr. 4 Pf. Es beliefen sich also die Kosten für einen Morgen nicht, wie angenommen war, auf 2 Thlr. 21 Sgr. 6 Pf., sondern nur auf 2 Thlr. 9 Sgr. Dabei war der Erfolg der Melioration ein weit günstigerer, als man erwartet hatte. Bei der vom gesammten Vorstande ausgeführten Lokal-Besichtigung ergab sich nämlich, daß der Wasserspiegel an der Montweybrücke nicht nur, wie beabsichtigt war, um 3 Fuß 6 Zoll, sondern um 5 Fuß 5 Zoll gesenkt war, und der des Goplosee's nur 4 Fuß 1 Zoll, während für diesen nur 3 Fuß projektirt waren. Diese tiefere Senkung des See's ist von großem Nutzen, einmal weil die inneren Abzugsgräben dadurch bedeutend an Gefälle gewinnen, und dann, weil die neugewonnenen Seeränder fruchtbare Wiesenflächen sind, die durch die natürlichen Frühjahrsüberstauungen wesentlich an Ertragsfähigkeit gewinnen.

Die Vortheile, welche die Meliorationen gewähren, liegen heute viel zu sehr zu Tage, als daß man zu ihrer Schilderung vieler Worte bedürfte. Wenn nicht alle Hoffnungen und Erwartungen durch dieselben in Erfüllung gegangen sind, so theilt auch dieses Unternehmen nur das Schicksal aller menschlichen Arbeit. Aber auch der unzufriedenste Beurtheiler wird den wohlthätigen Einfluß, den die Entwässerung so großer Bruchflächen, ganz abgesehen von dem neugewonnenen kulturfähigen Boden, auf Pflanzen, Thiere und Menschen ausübt, nicht wegleugnen können. Während früher Sumpfpflanzen, nicht selten giftig, den Menschen vor Betreten des unsicheren Bodens warnten, dehnen sich jetzt grüne Teppiche saftigen, süßen Grases und weite Kleefelder an den Ufern des See's und des Flusses aus. Während früher Sumpfvögel aller Art hier ihre feuchten Wohnungen aufgeschlagen hatten, tönt jetzt dort der Lerche helles Lied. Als man im Frühjahr 1858 die vom Frost getrockneten sauren Gräser, welche der Vegetation der Futtergewächse hinderlich waren, durch Feuer vernichtete, und die ganze Bachorze, einem Prairiebrande ähnlich, in Flammen stand, „da rüstete sich auch das letzte Kranichpaar zur Abreise, um die alte hundertjährige Heimath nie wieder zu betreten. Zahlreiche Heerden von Rindern und Pferden bilden seitdem die Staffage der unabsehbaren Bruchflächen." Endlich war das Austrocknen der Sümpfe auch für die Gesundheit der Menschen und Thiere folgenreich. Das in früheren Zeiten sich fast alljährlich wiederholende Viehsterben, welches eine Folge des Genusses sumpfiger Giftpflanzen war, hat gänzlich aufgehört, ebenso sind die in den Goplosee-Gegenden einheimischen kalten Fieber immer seltener geworden. Wohin wir also blicken, sehen wir die wohlthätige Einwirkung der Meliorationen.

Fast gleichzeitig mit der Genossenschaft zur Entwässerung des Bachorze-Bruches und oberen Montwey-Thales entstanden noch mehrere andere, welche sich, ähnlich wie diese, die Aufgabe stellten, überflutete Bruchflächen der Kultur zugänglich zu machen. So wurde in den Jahren 1852 bis 1857, ebenfalls erst nach vielen vergeblichen Versuchen, der Parchanie-Bruch im Kreise Inowraclaw mit einem Kostenaufwande von 42349 Thlr. 19 Sgr. 1 Pf. trocken gelegt. Der gewonnene Boden hat 10622 Morgen Flächeninhalt, mithin betragen die Meliorationskosten pro Morgen fast 4 Thlr. Ferner entstand im Jahre 1859 die Genossenschaft zur Melioration der Pakosz-Labischiner Retzwiesen, welche sich die Entwässerung der Wiesenflächen von dem Wengierer bis zum großen Pakoßer See und von der Neumühle (unfern Kwiecißzewo) ab bis zur Stadt Labischin zum Ziel gesteckt hat. Die Meliorationskosten haben sich hier auf $7\frac{1}{2}$ Thlr. für den Morgen gestellt, denn die sämmtlichen Baukosten betragen für das 8630 Morgen umfassende Gebiet 73904 Thlr.

Aller dieser dem Wasser abgerungenen Flächen hat sich jetzt die Kultur bemächtigt. Pflug und Egge walten heute dort, wo noch vor wenigen Jahren Kraniche und Frösche in ungestörter Ruhe lebten, und wenn sonst plötzlich hereinbrechende Fluten Menschen und Thiere aus den unsichern Wohnplätzen vertrieben, birgt heute der Landmann in sicherer Scheuer das dem neuen Boden abgewonnene Getreide.

Stillstand und Aufschwung.

Seinem Wohlthäter dankte der Netzdistrikt, als mit dem Jahre 1806 Preußens Herrschaft in unserer Provinz zusammenbrach. Die polnischen Landestheile, welche Friedrich Wilhelm der Zweite bei der dritten Theilung erhalten hatte, erfreuten sich nicht solcher Segnungen, wie sie dem Netzdistrikte unter Friedrich dem Großen zu Theil geworden waren. Zwar konnte auch Südpreußen — unter diesem Namen wurden die neugewonnenen Gebiete der preußischen Monarchie einverleibt — eine wesentliche Verbesserung seiner Lage unter Preußens Scepter nicht läugnen, denn mit der Ordnung und Sicherung der neuen Verhältnisse mehrte sich auch der gewerbliche und Handelsverkehr, doch fehlte es auch nicht an verkehrten Maßregeln, welche das Land die neue Regierung mehr drückend als wohlthätig empfinden ließen. Preußens Ländergebiet war seit dem Tode Friedrichs des Großen fast um das Doppelte gewachsen. Während es im Jahre 1786 3538 Quadratmeilen umfaßte, betrug sein Umfang beim Beginn des Jahres 1806 5728 Quadratmeilen, wozu Friedrich Wilhelm des Zweiten Erwerbungen 2012 Quadratmeilen beitrugen. Einen so gewaltigen Zuwachs sich auch innerlich anzufügen, war das Preußen jener Zeit nicht im Stande. Und nicht mehr stand ein Friedrich der Große an seiner Spitze, der mit festem Willen die Organisation nach einem einheitlichen Plane hätte leiten können. Das Meiste blieb den Beamten überlassen. Waren nun auch unter denen, die nach Südpreußen kamen, tüchtige und ehrenhafte Männer nicht selten, so gab es unter der großen Menge doch nicht wenig Unfähige ja selbst Unehrliche, die in der neuen Provinz sich zu bereichern gedachten. Ungern ließen sich erprobte Beamte aus den alten Provinzen nach Südpreußen versetzen, daher fanden sich hier die unbrauchbaren und unzuverlässigen zusammen, die dem neuen Regime keine Achtung und Liebe erwarben. Dazu kamen wohlgemeinte, aber so schnell nicht durchführbare oder geradezu verderbliche Anordnungen. Es sollten z. B. in allen Häusern mit einem Male massive Schornsteine angelegt werden, um den zahlreichen Bränden zu steuern. Die wenigsten Häuser hatten solche, und die Unzufriedenheit der Hausbesitzer war groß ob der unerwarteten Ausgabe, die ihnen daraus erwuchs. Ferner wurde den Bauern der Ankauf adlicher Güter verboten. Hierdurch erreichte man das, was man wollte, nämlich die Zuneigung des Adels, nicht, entfremdete sich aber die große Mehrzahl des Landvolkes. Verwerflich geradezu war die Art und Weise, wie man unzufriedene und rebellische Adliche bestrafte. Man zog ihre Güter und Besitzungen ein und verschenkte oder verkaufte sie, um den Schein zu wahren, um ein Geringes an willfährige aber charakterlose Beamte. Alle diese Maßregeln riefen in den Bewohnern Südpreußens Abneigung gegen die preußische Herrschaft hervor, und jubelnd begrüßte der polnische Theil der Bevölkerung die Franzosen als Befreier, als sie nach Preußens Fall die posenschen Lande besetzten. Nicht so der Netzdistrikt. In ihm war die Erinnerung an die Wohlthaten des großen Königs noch wach, in ihm zeugte Stadt und Land, Fluß und Kanal von dem, was man Preußen verdankte, seine Bewohner wollten, wie es der französische Geschichtschreiber Thiers bezeugt, Preußen bleiben. Sie durften es nicht, haben aber, so lange sie staatlich von Preußen getrennt waren, durch manche Züge ihre Anhänglichkeit an das liebgewonnene Land bethätigt.

Es waren trübe Zeiten, die mit dem Jahre 1806 über unseren Distrikt kamen. Die Doppelschlacht bei Jena und Auerstädt war geschlagen, die preußischen Heere theils kriegsgefangen, theils zersprengt, die wichtigsten Festungen Erfurt, Spandau, Stettin, Küstrin, Magdeburg, Hameln, später Glogau, Breslau, Brieg, Schweidnitz, Neisse in den Händen der Franzosen. Seit Anfang November sah auch das posener Land und der Netzdistrikt die französischen Sieger. Vier Corps waren in Polen eingerückt, der Vortrab unter Davoust in Posen, der Marschall Lannes in Bromberg. Am 27. November kam Napoleon selbst nach Posen. Verschieden war der Eindruck, den die Ankunft der Franzosen machte. In Südpreußen nahm man sie als Befreier vom preußischen Joche auf, die verhaßten Beamten, 7139 an der Zahl, wurden sogleich vertrieben, der Adel erhob sich, bewaffnete seine Bauern, und in kurzer Zeit waren die wenigen preußischen Truppen übermannt. Ungern nahm der Netzdistrikt die übermüthigen Fremdlinge auf, doch konnte Widerstand nichts fruchten. Bromberg wurde während des Winters Sammelplatz der polnischen Legion, welche Napoleon durch den General Dombrowski hatte anwerben lassen. Sie sollte auf Seite der Franzosen gegen die Preußen und die mit diesen verbündeten Russen kämpfen. Der Haß gegen das preußische Regime und eine Proklamation Napoleons an die Polen, welche in hochtönenden Phrasen unbestimmte Versprechungen auf Wiederherstellung Polens machte, trieben die leicht enthusiasmirten Polen schaarenweis zu den französischen Fahnen. Es ist jetzt unbestritten, daß Napoleon an die Wiederherstellung eines selbstständigen polnischen Reiches nie gedacht hat. Er erreichte aber durch seine eitlen Versprechungen, was er beabsichtigte, Polen opferte sieben Jahre lang sein Geld und seine Söhne den ehrgeizigen Plänen des Kaisers. West- und Ostpreußen wurde Schauplatz des Kampfes, die preußischen Truppen, 25000 Mann, führte Lestocq. Mehrere, wenngleich unentschiedene Schlachten schwächten die Heere Preußens und Rußlands, die Entscheidung brachte die Niederlage der Russen bei Friedland, Königsberg wurde am 16. Juni 1807 von den Franzosen besetzt, Preußen war überwältigt, der Friede von Tilsit entschied über das Loos unseres Landes. Preußen verlor von seinen 5728 Quadratmeilen die Hälfte, nämlich 2860, darunter fast den ganzen Netzdistrikt (der nördlichste Streifen blieb preußisch) und die polnischen Erwerbungen Friedrich Wilhelms des Zweiten. Diese Länder wurden unter dem Namen „Herzogthum Warschau" dem Könige von Sachsen zugewiesen, Danzig ausgenommen, das unter der Oberhoheit des Kaisers von Frankreich und Königs von Sachsen eine freie Hansestadt wurde, und den Grenzstreifen um Bialystok herum, welchen Rußland erhielt. Posen und Bromberg wurden Sitze einer Präfektur.

Die Zeit des Herzogthums Warschau unterbrach die geistige und materielle Entwicklung unseres Distriktes vollständig. Ein Stillstand trat ein. Die zur Hebung der Kultur begonnenen aber nicht zu Ende geführten Arbeiten blieben unvollendet, neue wurden nicht in Angriff genommen. Aller Interesse nahm der Krieg in Anspruch, welcher das Land furchtbar aussog. Neue Reformen in Verwaltung und Gesetzgebung wurden angeordnet, aber traten nicht ins Leben. Das Land sollte ganz nach französischem Muster regiert werden. Napoleon bestimmte die Einführung seines Gesetzbuches, des französischen Handelsgesetzes und der französischen Gerichtsordnung, womit dem Lande ein unzweifelhafter Gewinn gebracht worden wäre; doch wurden diese Bestimmungen nicht ausgeführt, da sie dem Vortheile und Sinne des Adels widerstrebten. Von Gewerben wurden nur die mit einigem Erfolge betrieben, welche den militärischen Bedürfnissen genügten. Das ganze Land war ein Kriegsdepot. Französische, polnische, sächsische Truppen blieben in großer Anzahl im Herzogthum stehen, sie mußten von dem Lande genährt werden. Daher wuchsen die Steuern und unerschwingliche Kriegslasten fielen auf den Bürger. So sanken die Städte, die unter Preußens Königen einen erfreulichen Aufschwung genommen, schnell in die alte Unbedeutenheit zurück. Bromberg galt nächst Warschau für die schönste Stadt des Herzogthums; doch wie wenig damit für einen auch nur erträglichen Zustand der Stadt bewiesen ist, ergiebt sich aus der Beschreibung, die ein Reisender, der im Jahre 1813 nach Warschau kam, von dieser „weltberühmten" Stadt macht. „Auf wahrhaft halsbrechenden Wegen kamen wir den 23. Oktober um acht Uhr Abends bei regnichtem, dunkeln Wetter in Warschau an. Doch welch eine Einfahrt für diese weltberühmte Stadt! Die Vorstadt nicht gepflastert und Koth, daß die Pferde bis an den Bauch hineinfielen; natürlich auch keine Erleuchtung, und Häuser, die mehr elenden Dorfbaraken, als warschauer Vorstadthäusern ähnlich sahen. Statt eines Thores kamen wir durch einen Schlagbaum, wo nach Namen und Pässen gefragt wurde. Nun fuhren wir auf einer schlecht gepflasterten Straße, wo hin und wieder eine Laterne, gleich einem armen Sünderlämpchen, brannte, zum Hotel d'Allemagne, wo man uns aufnahm. — Nachdem Alles besorgt war, gingen wir in das Theater; dasselbe gewährt im ersten Augenblick einen guten Eindruck, doch bald kommt man hinter den hölzernen und papiernen Flitterstaat, ein abscheulicher Thrangeruch verbreitet sich von den Lampen. — Tags darauf ließ T. einen Wagen kommen

7*

und bat seinen Reisegefährten auf sehr verbindliche Art um die Erlaubniß, ihm Warschau zeigen zu dürfen. Dankbar wurde dieses angenommen. Lange dauerte jedoch diese Fahrt eben nicht, denn der ordentlich gepflasterten Straßen giebt es nicht so gar viele. Wahrhaft schöne Palais waren nicht zu sehen, das Brühl'sche macht eine Ausnahme. Die übrigen sogenannten Palais sind mittelmäßige Häuser, öfters mit elenden, grün beschimmelten, hölzernen Entrées; Bretter- und Lehmhäuser, auf deren Dächer man sich stützen konnte, wechseln stets mit diesen sogenannten Palais ab, und das ganze macht keinen erfreulichen Eindruck". So sah es damals in der Hauptstadt des Herzogthums aus, wie erst in den kleinen Provinzialstädten! Und die Städte nahmen auch nach Aufhebung der Unfreiheit der Bauern, die Napoleon im Jahre 1807 bewirkte, keinen Aufschwung. Die Einwanderung der Bauern in die Städte, welche man herbeizuführen hoffte, unterblieb, trotzdem auch die ländlichen Besitzungen in Folge einer Maßregel Napoleons mit Steuern überlastet waren. Es hatte nämlich Napoleon die einträglichsten Güter des Herzogthums Warschau an französische Generale und seine Günstlinge verschenkt. Da diese von allen Abgaben frei blieben, wuchs natürlich die Steuerlast der übrigen Besitzungen um ein Bedeutendes. Die letzte Kraft des Landes zehrten endlich die unaufhörlichen Truppendurchmärsche auf. Die endlosen Züge der gegen Rußland marschirenden großen Armee hatten oft in frevlem Übermuth das Letzte vernichtet, was aus der Mißernte des Jahres 1811 noch übrig war. Die jammervollen Gestalten, welche dem Tode in Rußlands Eisfeldern entgangen waren, schleppten mit ihren entsetzlichen Leiden giftige Fieber in's Land und brachten mit ihrem Tode Hunderten, die sich ihrer annahmen, den Tod, und hinter ihnen her ritt die flüchtige Kosakenschaar, deren räuberische Hände nicht Feindes noch Freundes Eigenthum schonten.

Es war Zeit, daß mit der Rückkehr der preußischen Herrschaft hellere Tage für unser schwerbedrücktes Land kamen. Die vernichtenden Schläge, welche nach dem Brande von Moskau die französische Armee getroffen, waren noch nicht bekannt geworden. In athemloser Hast war Napoleon in einem offenen Schlitten, nur von einem Offizier begleitet, als Herzog von Vicenza nach Paris geeilt, ehe das Gerücht von der fast gänzlichen Vernichtung des Heeres noch Rußlands Grenzen überschritten hatte. Der Moniteur meldete, wie wohl sich der Kaiser befinde, mit welchem Jubel er vom Volke bei seiner Rückkehr begrüßt worden sei und daß er der Aufführung der Oper „Das befreite Jerusalem" beigewohnt habe. Ferner meldete er von dem Befinden der Armee, daß sie zwar etwas durch die strenge Kälte gelitten habe, daß sie aber in voller Ordnung auf dem Rückmarsche begriffen sei, und ihre zahllosen Schaaren bald wieder Deutschland überschwemmen würden. Anders waren die Gerüchte, welche in Preußen umgingen; und als von den 400000 Mann etwa 10000 kampfunfähige Soldaten sich heimschleppten, da war es nicht mehr zweifelhaft, daß der Zeitpunkt gekommen sei, um Rache an dem Despoten zu nehmen. Die lang vorbereitete Erhebung folgte, und Napoleons Heere erlagen, trotz der überlegenen Taktik und Kriegserfahrung seiner Generale, dem zermalmenden Sturme des Volks in Waffen.

Auch nach der Katastrophe in Rußland waren die Polen dem Kaiser treu geblieben. Fürst Poniatowski führte ein Corps von 16000 Polen mit 44 Geschützen durch Mähren und Böhmen dem französischen Heere zu. Es wurde daher das Herzogthum Warschau, nachdem seine von französischen Soldaten vertheidigten Festungen nach und nach in die Hände der Verbündeten gefallen waren, als ein erobertes Land behandelt und die Großmächte vereinigten sich am 15. December 1814 zu einer Theilung der eroberten polnischen Lande zwischen Rußland, Österreich und Preußen. Preußen erhielt von dem Herzogthum Warschau die altpreußischen Gebiete: Das Kulmerland nebst Thorn und den 1807 ihm entrissenen Theil des Netzdistriktes zurück, dazu Danzig und den übrigen Theil der jetzigen Provinz Posen. Am 15. Mai 1815 nahm der König von Preußen förmlichen Besitz von diesen Ländern durch folgendes Patent:

„Wir Friedrich Wilhelm, von Gottes Gnaden, König von Preußen u. s. w.

Vermöge der, mit den am Congreß zu Wien Theil nehmenden Mächten, geschlossenen Übereinkunft sind mehrere Unserer früheren polnischen Besitzungen zu Unseren Staaten zurückgekehrt. Diese Besitzungen bestehen in dem, zum Herzogthum Warschau gekommenen Theile der Preußischen Erwerbungen vom Jahre 1772, der Stadt Thorn mit einem für dieselbe neu bestimmten Gebiet, in dem jetzigen Departement Posen, mit Ausnahme eines Theiles des Powitz'schen und Peysern'schen Kreises; und in dem bis an den Fluß Prosna belegenen Theil des Kalischer Departements, mit Ausschluß der Stadt und des Kreises dieses Namens.

Von diesen Landschaften kehrt der Kulm- und Michelau'sche Kreis in den Grenzen von 1772, ferner die Stadt Thorn nebst ihrem neu bestimmten Gebiete zu unserer Provinz Westpreußen zurück, zu welcher auch, wegen des Strombaues, das linke Weichselufer, jedoch blos mit den unmittelbar an den Strom grenzenden oder in dessen Niederungen befindlichen Ortschaften, gelegt wird.

Dagegen vereinigen Wir die übrigen Landschaften, welchen wir von Westpreußen den jetzigen Crone'schen und Kamin'schen Kreis, als ehemalige Theile des Netzdistriktes, hinzufügen, zu einer besonderen Provinz, und werden dieselben unter dem Namen des Großherzogthums Posen besitzen, nehmen auch den Titel eines Großherzogs von Posen in Unseren Königlichen Titel und das Wappen der Provinz in das Wappen Unseres Königreiches auf.

Indem wir Unserem General-Lieutenant von Thümen den Befehl gegeben haben, den an Uns zurückgefallenen Theil Unserer früheren polnischen Provinzen mit Unseren Truppen zu besetzen, haben Wir ihm zugleich aufgetragen: denselben in Gemeinschaft mit Unserem, zum Ober-Präsidenten des Großherzogthums Posen ernannten, wirklichen Geheimrath von Zerboni di Sposetti förmlich in Besitz zu nehmen.

Da die Zeitumstände es nicht gestatten, daß wir die Erbhuldigung persönlich empfangen, so haben wir den, zu Unserem Statthalter im Großherzogthum Posen ernannten, Herrn

Fürsten Anton Radziwill Liebden auszureichen und ihn bevollmächtigt, in Unserem Namen die deshalb nöthigen Verfügungen zu treffen."

Hiermit war unser Netzdistrikt aufs Neue der preußischen Monarchie einverleibt und erfreute sich eines segensreichen, nur durch die bald vorübergehenden Bewegungen der Jahre 1830 und 1848 unterbrochenen Friedens. Viel mußte und ist geschehen zur Hebung der gesunkenen Kraft des Landes, vor Allem viel zur Hebung der Städte und der Landwirthschaft. Was die unverhältnißmäßig große Zahl von Städten in unserer Provinz, von denen bei Weitem die meisten ihren Grundherren steuerpflichtig und der Willkür derselben Preis gegeben waren, durch die Einführung der Städte-Ordnung gewann, wie sehr sich die Gewerbe nach Aufhebung aller Schranken, denen sie bisher unterworfen waren, durch die Gewerbe-Ordnung hoben, das darzulegen, muß einem besonderen Abschnitte vorbehalten bleiben. Ebenso sollen die Fortschritte, welche die Landwirthschaft machte, im Zusammenhange erörtert werden. Hier erwähnen wir in der Kürze nur einige Punkte, welche für die materielle und geistige Entwicklung von segensreichen Folgen waren und dem ertödtenden Stillstande im Leben unserer Provinz durch einen neuen Aufschwung ein Ende machten.

Schon Friedrich der Große hatte eine „Compagnie von 187 Schulmeistern" in die von ihm erworbenen polnischen Landestheile geführt, nicht zum kleinsten Theil alte, invalide Unteroffiziere, die mit der ihnen anvertrauten Jugend viel Militärisches, wenig Wissenschaftliches exercirten. Die sodann im Jahre 1805 durch das „Reglement für die Land- und niederen Bürgerschulen in Neu-Ostpreußen" wiederum in Angriff genommene Schul-Organisation wurde durch Errichtung des Herzogthums Warschau unterbrochen. Es war daher bei der Reoccupation grade für das Schulwesen noch Manches zu thun geblieben. Im Jahre 1816 gab es in der ganzen Provinz Posen, bei einer Anzahl von 181469 Kindern im schulpflichtigen Alter, erst 790 Elementarschulen mit 31109 Schulkindern; es kam erst auf 1030 Einwohner je eine Elementarschule, während im ganzen übrigen Staate auf 500 je eine kam. So faßte die Regierung denn hauptsächlich die Hebung der Volksschule ins Auge, und es entstanden allein während der zehnjährigen Amtsthätigkeit des um unsere Provinz hochverdienten Oberpräsidenten Flottwell 200 neue Schulen. Im Jahre 1846 zählte die Provinz bereits 1855 Elementarschulen mit 191054 Schülern, im Jahre 1855 2031 mit 205478, im Jahre 1861 schon 2134 Schulen mit 2541 Lehrern, 418 Lehrerinnen und 212473 Schülern. In demselben Jahre gab es außerdem schon 14 Mittelschulen für Knaben und 10 Mittelschulen für Mädchen, 6 höhere Bürger- und Realschulen, 2 Progymnasien und 7 Gymnasien. Endlich kommen hierzu noch 4 Ackerbauschulen, 11 Handwerker-Fortbildungsschulen, 20 Kleinkinderbewahranstalten, 5 Schullehrerseminare und 2 Hilfs-Seminare. Und die Zahl der Schulen wie der Schüler ist bis auf den heutigen Tag stetig gestiegen, so daß eine große Menge von Schullokalien zu klein geworden ist, um alle Schüler zu fassen. Keine andere Provinz des preußischen Staates hat seit dem Jahre 1816 einen solchen Aufschwung im Schulwesen genommen, wie die unsrige, und wenn die Volksbildung der erste und beste Beweis für die Hebung eines Landes ist, so wird sich unsere lang vernachlässigte und vielfach heimgesuchte Provinz auch hierin bald mit ihren bevorzugteren Schwestern messen können.

Wenn auch nicht einen ebenso großartigen, so doch ebenfalls erfreulichen Fortschritt hat die kirchliche Entwicklung in unserer Provinz gemacht. Derselbe zeigt sich nicht in glänzenden Ziffern neu angelegter Kirchen und Kirchspiele, obgleich auch diese nicht unbeträchtlich sind, nicht in Gewinnung so und so vieler Seelen für den einen oder anderen Glauben, sondern, und das ist mehr, in der Eintracht und Toleranz, in welcher bei uns die verschiedenen Confessionen unleugbar leben. Eine Spaltung, wie sie zwischen Katholicismus und Protestantismus z. B. im Rheinlande herrscht, findet sich bei uns nicht, sie hat in ebenso großer Schärfe bei uns bestanden, und noch der Oberpräsident Flottwell klagt in seiner Denkschrift nicht minder über die Widerspenstigkeit und den bösen Willen der katholischen, wie über die Unduldsamkeit und Starrheit der evangelischen Geistlichkeit. Diese Spaltung ist, Dank der vom Staate sorgfältig überwachten Bildung der Geistlichen beider Confessionen, geschwunden, und gegenseitige Achtung an ihre Stelle getreten. Hand in Hand damit wird auch der allerdings noch vorhandene, aber im Vergleich zu früher bedeutend abgeschwächte Gegensatz der Nationalität zwischen Polen und Deutschen allmählig schwinden. Die Nationalität fällt wesentlich mit der Confession zusammen, der Pole ist, weitaus der Mehrzahl nach, zugleich Katholik, der Deutsche Protestant. Mit der Abnahme des confessionellen Gegensatzes muß auch der nationale schwinden, und der Pole wird nach und nach immer mehr einsehen, daß er die Hebung der Kultur und der Bildung der Provinz, die allerdings meistens deutschen Händen und deutschem Geiste verdankt wird, nicht als ein Mittel zur Germanisirung seines Vaterlandes anfassen darf, sondern als eine Wohlthat, die ebenso gut ihm und seinem neuen Vaterlande wie seinem deutschen Mitbürger zu Theil wird. Dann wird er auch als seine Pflicht und seinen Lohn erkennen, mitzuarbeiten an dem gemeinsamen Werk der Bildung und Hebung seiner und unserer Provinz.

Von materiellen Errungenschaften, welche der Netzdistrikt und der übrige Theil des Großherzogthums der preußischen Regierung verdankt, sind die umfassenden Landesmeliorationen schon in einer besonderen Skizze gezeichnet worden. Außer den dort erwähnten drei bedeutenden Netzbruch-Entwässerungen mag noch die Entsumpfung des nicht weniger als 115229 Morgen umfassenden Obrabruches genannt werden. Noch andere Entwässerungs- und Überrieselungs-Anlagen wurden in den Jahren 1830 bis 1864 mit einem Kostenaufwande von 620500 Thalern ausgeführt. An Chausseen fand sich im Jahre 1815 noch nicht eine Meile vor, im Jahre 1830 gab es erst 4 Meilen Staats-Chaussee. Seitdem sind bis zum Jahre 1864 gebaut worden: 92 Meilen Staats- und 246½ Meilen Privat-Chausseen; neue, z. B. zwischen Schubin und Bromberg, sind der Vollendung nahe. Mit der verbesserten Kommunikation nahm auch die Einwohnerzahl der Provinz bedeutend zu, und manche Städte, wie z. B. Bromberg, sind, was das schnelle Wachsthum anbetrifft, von keiner

Stadt der preußischen Monarchie erreicht. Im Jahre 1772 besaß Bromberg kaum 800 Einwohner, im Jahre 1816 zählte es deren 6000, und heute hat es über 27000.

So erstand nach den freudelosen Zeiten des Herzogthums Warschau unsere Provinz mit der Rückkehr der preußischen Herrschaft zu neuem Leben, und es zeugt von der dem Lande und seinen Bewohnern innewohnenden Kraft und Energie, wenn in verhältnißmäßig so kurzer Zeit die harten Schläge überwunden wurden, die geistige und materielle Verwirrung in lang andauernder Folge über das Land verhängte.

Recht und Gesetz.

Das Jahr 1772, der zwischen Friedrich dem Großen, Katharina und Maria Theresia am 5. August in Petersburg geschlossene Definitiv-Vertrag setzte dem tausendjährigen Bestande des Polenreichs den ersten dauernden Markstein. Friedrich nahm ohne Schwertstreich Besitz von dem ihm zugefallenen Landestheile, dem Netzlande, Pomerellen, Ermeland und dem polnischen Preußen, Landstrichen, die 600 Quadrat-Meilen in sich faßten und von mehr als 400000 Menschen bewohnt waren.

Die Vereinbarung zwischen Rußland und Preußen, bestätigt durch den vom eigenen Reichstage der polnischen Restländer unterm 3. September 1793 zu Grodno gefaßten Beschluß, fügte zu diesen Erwerbungen noch unter dem Namen von Südpreußen die Woywodschaften Posen, Gnesen, Kalisch, Sieradz, das Gebiet von Czenstochowa, das Land Wielun, die Woywodschaft Lenczyce, den Rest von Kujawien, das Dobrzyner Land, die Woywodschaften Rawa und Plock und die Städte Danzig und Thorn: einen Flächeninhalt von 1061 Quadrat-Meilen mit mehr als einer Million Einwohner. Ohne Kampf und Widerstand wurden auch diese Gebiete von den polnischen Besatzungen geräumt.

Die Übereinkunft zwischen Preußen, Rußland und Österreich vom 21. Oktober 1795 endlich gab Preußen noch Masowien und Podlachien bis zum rechten Ufer des Bug.

Mit diesem letzten Abkommen schied das Polenreich für immer aus dem europäischen Staatensysteme, ein Reich, daß die Bedingungen seines äußeren und inneren Lebens längst zu erfüllen aufgehört hatte und eine Republik, in der nur jene Freiheit geherrscht hatte, welche Zamoiski noch auf dem Reichstage von 1780 mit den Worten bezeichnete: „Wir halten es für eine Schande, dem Gesetz zu gehorchen."

„Einen nordischen Wintertag", nennt poetisch schön der jüngste Geschichtschreiber der Republik Polen die tausendjährige Geschichte Polens, „in ihrem flammenden Aufglühen, in ihrem blendenden und doch segenslosen Mittagslicht, in ihrem blutigen Niedergang."

8*

Der kurzen Zeit der Trennung der polnischen Landestheile und unseres Netzdistriktes von Preußens Krone, jenes Zeitraumes, welcher vorübergehend den ganzen Welttheil, das ferne Rußland und das meerbeherrschende Brittanien ausgenommen, der Macht Napoleons hingegeben hatte, ist bereits im vorigen Abschnitte gedacht worden.

Versuchen wir in dem engen Rahmen dieses Bildes zu veranschaulichen, welchen Einfluß die Vereinigung der polnischen Landestheile unter der Krone Preußens auf Recht, Gesetz und Verwaltung der davon betroffenen Landstriche hatte.

Ein schrofferer und vortheilhafterer Gegensatz als der, welchen die preußische Rechtspflege zu derjenigen der polnischen Zeit bildete, ist kaum denkbar. Auch für die Verwaltung des Rechts bewahrheitet sich für die Republik Polen das polnische Sprüchwort des siebzehnten Jahrhunderts: „Polonia confusione regnatur."

Keine andere Richtung des polnischen Nationallebens bietet einen trüberen Anblick als die Justiz. Außer dem alten Statut von Wislica, einer Art von Bearbeitung des Sachsenspiegels, und den masowischen und lithanischen Statuten bestand ursprünglich kein geschriebenes Gesetz. Jede Verbesserung der Gesetze fand im Adel und in den Reichstagen unbesiegbare Gegner. Eine Sammlung von Gesetzen und Constitutionen wurde erst in dem letzten Jahrhundert Polens unternommen.

„Wer es versucht hat durch den wirren, zum Theil widersprechenden und aufhebenden Inhalt der Foliantenreihe sich durchzuarbeiten und sonst etwa mit der Art nicht unbekannt ist, wie die Justiz in Polen gehandhabt wurde, so schreibt ein dem Namen nach unbekannt gebliebener Autor der polnischen Geschichte über diese Constitutionensammlung, der wird Maciejewski's Erklärung verstehen: „Wir hatten viel Gesetz aber wenig Gerechtigkeit in unseren Gerichten."

Trotz vieler Gesetze kein Gesetz! Ein oft wiederholter Ausspruch Friedrich des Großen war: „Das Unglück dieser Nation ist, daß sie keine Gesetze hat".

Kasimir der Große machte einen Versuch, in der Krakauer Universität eine Rechtsschule zu schaffen, aber statt des Rechtes wurden auf derselben später fast ausschließlich Theologie und die sogenannten philosophischen Fakultätsstudien getrieben. Seit Sigismund dem Dritten endlich gab es überhaupt keinen öffentlichen Rechtsunterricht mehr in Polen.

Was den allgemeinen Charakter bei Ausübung der Rechtspflege und die Rechtsprechung anlangt, so wurzelte dieselbe ursprünglich allein im Fürsten. Später vereint in diesem und in den Reichstagen und in unruhigen Zeiten in den Conföderationen.

Die Thätigkeit der einzelnen Gerichte und Gerichtshöfe, zwar äußerlich anscheinend geschieden, durchkreuzte sich vielfach. Auch nachdem der Fürst durch Einrichtung der Kastellaneien für die einzelnen Distrikte des Landes sich anscheinend der persönlichen Rechtsprechung begeben hatte, fällte er trotz dieser Gerichte und konkurrirend mit ihnen auch ferner in erster Instanz Urtheile. Das fürstliche Gericht fing demnächst an, in bestimmten Zeiten zu tagen und unter Beisitz von Baronen Gerichte zu halten. Die so besetzten Gerichtstage sprachen in erster Instanz und nahmen ferner auch Appellationen von den niedern Gerichten, den Kastellaneien, an. Die Letzteren verschwanden endlich ganz und gaben die Rechtsprechung an die Starosteien ab. Der Adel hatte im Allgemeinen die Gerichtsbarkeit über seine Bauern und strafte mitunter nach Belieben, wie denn überhaupt Willkür und Selbsthülfe als eine der üblichsten Formen der Rechtsgewährung bestand und namentlich in der Executions-Instanz die Vollstreckung der Erkenntnisse übernahm. Die ganze Execution der gerichtlichen Erkenntnisse war lediglich der Partei überlassen und diese Rechtssitte dehnte sich häufig sogar auf die Criminal-Erkenntnisse aus.

Vereinzelt wurde allerdings den Starosten durch Reichstagsbeschluß die Vollziehung der Erkenntnisse übertragen, jedoch nur in sehr seltenen Fällen und besonders nur da, wo es sich um allgemeinere Staatsangelegenheiten handelte, während in allen Fällen, in denen das Privatinteresse vorwiegend war, der Einzelne sich selbst zu seinem Recht verhelfen mußte. Der Gläubiger pfändete seinen Schuldner selbst. Criminalsachen, in denen ein Interesse des Staats nicht konkurrirte, waren der Privatklage überlassen. Gewisse Vergehungen des Adels, der seit lange seine Habeas-Corpus-Akte hatte, kamen vor den Reichstag und vor diesen sollten auch alle Rechts-Angelegenheiten gebracht werden, betreffs deren kein Gesetz existirte oder gefunden werden konnte.

Die Gerichtssitzungen, die Art und Weise des Zusammentritts der Gerichtshöfe theilte sehr häufig den sprüchwörtlich gewordenen tumultuarischen Charakter der polnischen Reichstage. Zur Constituirung der hohen Tribunale hatte man seit dem Jahre 1763 fast dauernd militairische Hülfe gebraucht. Die von den Landtagen erwählten Beisitzer wurden nicht selten durch mächtige Hofparteien oder angesehene Adliche verjagt; Gewalt ging vor Recht! — Was bereits Stanislaus Leszczynski seiner Zeit zum Vorwurfe gemacht hatte, wiederholte Stanislaus August Poniatowski im Jahre 1764 in noch stärkeren Ausdrücken: „Bis jetzt ist in unseren Gerichten Alles durch Gewalt geschehen, die Stimme des Schwachen ist nicht gehört worden."

Welche Kehrseite bieten die polnischen Landestheile nun, hinsichtlich des Rechtszustandes, nach der Vereinigung mit der preußischen Monarchie. Die Dichterworte finden Anwendung: „Das Alte stürzt, es ändert sich die Zeit, Und neues Leben blüht aus den Ruinen." Mit den hoffnungs- und vertrauungsreichen Schlußworten: „Es ist Mein ernstlicher Wille, daß das Vergangene einer völligen Vergessenheit übergeben werde. Meine ausschließliche Sorgfalt gehört der Zukunft, in ihr hoffe Ich die Mittel zu finden, das über seine Kräfte angestrengte, tief erschöpfte Land noch einmal auf den Weg zu seinem Wohlstande zurückzuführen. Wichtige Erfahrungen haben Euch gereift. Ich hoffe auf Euer Anerkenntniß rechnen zu dürfen," begrüßte Friedrich Wilhelm der Dritte in seiner Proklamation vom 15. Mai 1815 die wiedererworbene Provinz. Durch Edikt bereits von demselben Tage wurde der Versuch gemacht, der allgemeinen Kreditlosigkeit und dem wechselseitigen Mißtrauen Abhülfe zu schaffen. Ein Indult wurde gewährt. Klagen wegen Zahlung von Kapital und rückständigen Zinsen gegen Grundeigenthümer wurden suspendirt, falls die Zahlung der fälligen Zinsen pünktlich erfolgte. Dasselbe Edikt verhieß die Einführung eines, mit Tilgungsfonds zu versehenden landschaftlichen Credit-Systemes.

Die Königlichen Verheißungen haben nicht getrügt.

Die langjährige Anarchie, deren Druck so schwer auf den von Preußen gewonnenen Gebieten gelastet hatte, wurde durch Einführung des preußischen Rechtszustandes und der preußischen Administration beseitigt; die Reihe der Veränderungen, welche auf den preußisch gewordenen Landestheilen, vor und nach der Reoccupation, vor sich gegangen, ist geeignet, selbst dem einseitigsten Gegner das Geständniß abzunöthigen, daß auf diesen Landstrecken und vorzüglich im Netz-Distrikte, die Vereinigung mit Preußen einen bedeutsamen Fortschritt im Rechts- und Culturleben hervorgerufen hat. Von den ersten, tiefeingreifenden Schritten, welche die Reorganisation des Landes mit sich führten, erwähnen wir die wichtigsten.

Die maßlosen Einnahmen der katholischen Geistlichkeit wurden herabgesetzt. Die Dotation der Bischöfe wurde auf 24000 Thaler, die der Äbte auf 7000 Thaler jährlich fixirt. Die geistliche Gerichtsbarkeit wurde beschränkt, die Aufnahme in ein Kloster von der Genehmigung der weltlichen Behörde abhängig gemacht. Die übermäßig gewordene Anzahl der katholischen Feiertage wurde beschränkt. Durch Zahlung von Bauhülfsgeldern, insbesondere für den Netz-Distrikt und dessen Kanalisirung wurden die Erwerbsquellen vermehrt und die Entwicklung vieler gemeinnütziger Anlagen befördert. Die Einführung eines geregelten Hypothekenwesens hob den Grundkredit und erleichterte die Beleihung auch des ländlichen Grundbesitzes. Die Willkür der Edelleute wurde durch die Bestimmungen über Ermäßigung und Aufhebung der Leibeigenschaft und über Vererbung der Bauernhöfe beschränkt. Des Schutzes ein und desselben Gesetzes wurde der Bauer mit dem Edelmann theilhaftig. Alle diese Einrichtungen, verbunden mit dem Segen, welcher sich mit der allgemeinen Errichtung von Volksschulen verbreitete, brachten das provinzielle und speziell das städtische Leben, durch den neu sich bildenden und entwickelnden dritten Stand, schnell zu einer nicht geahnten Blüthe, so daß die Fluren des Netzdistriktes an Stellen, wo sich kaum Dörfer und Flecken befunden hatten, bald mit lebhaften, gewerbreichen und handelsthätigen Städten geziert wurden.

Was die Rechtspflege nun noch im Besonderen anlangt, so führten die Patente vom 9. November 1816, die preußischen Gesetze, das allgemeine Landrecht nebst Gerichtsordnung und Hypothekenordnung definitiv ein und ordneten das Vormundschaftswesen ganz nach den Vorschriften der altpreußischen Gesetze. Eine besondere Bedeutung sollte aber noch die erworbene Provinz für das Rechtsleben des ganzen preußischen Staates gewinnen.

Der leitende Grundsatz der alten Gerichtsordnung, daß der Prozeßrichter auch in Civilsachen von Amtswegen die Wahrheit ermitteln und die Parteien über Thatsachen, welche sie vorzutragen nicht geneigt sind, befragen und also zur Rechtsverfolgung nöthigen sollte, die sogenannte Inquisitions-Maxime, war schon längst von bedeutenden Rechtslehrern bekämpft. Die Verordnung vom 19. Februar 1817, zunächst nur für das Großherzogthum

Posen bestimmt, machte den ersten Versuch, diese Richtung der Gerichtsordnung zu verlassen und ein mündliches, auf die Verhandlungs-Maxime gebautes, öffentliches Verfahren, in welchem die Partei auch nach Anrufung des Richters Herr ihres Rechts bleibt, einzuführen. Das neue Verfahren bewährte sich derartig, daß der lebhafte und übereinstimmende Wunsch der Juristen sich für die Einführung desselben in allen übrigen Provinzen äußerte. Durch die Verordnung vom 1. Juni 1833, welche eine erweiterte Anwendung und vervollständigte Ausbildung durch die Verordnung vom 21. Juli 1846 „über das Verfahren in Civil-Prozessen" erhielt, gelangten die neuen Prozeßgrundsätze für die ganze Monarchie zur Anwendung. Durch diese Gesetzgebung sind die Prozesse einem einfacheren, an strenge Formen und Fristen gebundenen, zur größeren Beschleunigung dienenden Verfahren überwiesen.

Zum Schluß mag noch ein Blick geworfen werden auf diejenigen allgemein politischen Errungenschaften, welche der Begründer des neuen Preußens, der edelsten Deutschen einer, der Freiherr von Stein, durch Reorganisation des alten Preußens, unsern Landstrichen als Angebinde bei der neuen Einverleibung entgegenbrachte.

Der Geist der Steinschen Gesetzgebung ist treffend darin bezeichnet worden, daß ihr Ziel war, den Mechanismus des Staats in einen Organismus zu verwandeln. Der Staat war eine Maschine geworden, welche eine Einzelkraft und ein Einzelwille in Bewegung setzt. „Wir werden von der Bureaukratie verschlungen, aller Gemeinsinn ist erstickt!" ruft Niebuhr aus. Das System der Bevormundung durchdrang alle Regionen des Volkslebens, die ständische Freiheit war vernichtet, die Städte hatten alle Theilnahme an ihrer eigenen Verwaltung verloren, die bureaukratische Centralisation hatte jede Autonomie der einzelnen Kreise des Staatsverbandes, jede selbstständige Regung erstickt.

Deshalb verlangte Stein vor allen Dingen, als ihm das große Werk der Neugestaltung des Vaterlandes übertragen werden sollte, Umgestaltung der obersten Verwaltungsstellen und Beseitigung des Cabinetsschreiberregiments. Stein's Plan war: das Volk für die Theilnahme am Staate und seine Zwecke zu beleben, an der Leitung desselben zu betheiligen, die bisher unterdrückten Stände von den aus dem Mittelalter überkommenen Lasten und Fesseln zu befreien und ein allgemeines Staatsbürgerthum zu begründen. Den Anfang der den Staat neugründenden Verfassung machte das Edikt, den erleichterten Besitz und den freien Gebrauch des Grundeigenthums, sowie die persönlichen Verhältnisse des Grundeigenthümers betreffend. Ein anderes Gesetz überließ den Dominialbauern ihr Land zu uneingeschränktem Eigenthum. Seine Städteordnung von 1808 bildet noch heute die Grundlage der Rechtsverhältnisse der preußischen Städte. Damit dem sittlich und geistig gehobenen Volke Muth und Kraft zur Abwehr fremder Unterdrückung gegeben würde, unternahm er mit Scharnhorst gemeinschaftlich die Herstellung einer volksthümlichen Wehrverfassung.

Stein's Gesetze und Pläne tragen den großartigsten und freisinnigsten Character: sie vereinigen alle Bedingungen eines vernünftigen Staatsorganismus.

Mit Recht konnte daher Stein sein berühmtes Sendschreiben vom 24. November

1808, welches unter der Bezeichnung „Steins politisches Testament" weltgeschichtliche Bedeutung gewonnen hat, mit den Worten beginnen: „Es kam darauf an, die Disharmonie, die im Volke stattfindet, aufzuheben, den Kampf der Stände unter sich, der uns unglücklich machte, zu zernichten, gesetzlich die Möglichkeit aufzustellen, daß jeder seine Kräfte frei in moralischer Richtung entwickeln könne, und auf solche Weise das Volk zu nöthigen, König und Vaterland dergestalt zu lieben, daß es Gut und Leben ihnen gerne zum Opfer bringe."

Vieles ist bereits geschehen, der letzte Rest der Sklaverei, die Erbunterthänigkeit, ist zernichtet und der unerschütterliche Pfeiler jedes Thrones, der Wille freier Menschen, ist gegründet. Das unbeschränkte Recht zum Erwerb des Grundeigenthums ist proklamirt. Dem Volke ist die Befugniß, seine ersten Lebensbedürfnisse sich selbst zu bereiten, wiedergegeben. Die Städte sind mündig erklärt und andere minder wichtige Bande, die nur Einzelnen nützten und dadurch die Vaterlandsliebe lähmten, sind gelöst.

Im Hinblick auf diese Gesetzgebung schließt dieser Abschnitt wohl treffend mit dem Bilde, in welchem das Licht der Aufklärung die Mächte der Nacht und die Creaturen der Finsterniß auf Nimmerwiederkehren verscheucht.

Die Ostbahn.

Wie bedeutend auch der Einfluß war, welchen die Anlage des Bromberger Kanals auf Hebung des Verkehrs und Wohlstandes unserer Provinz ausübte, er wurde weit übertroffen durch den Nutzen, den der Bau der „Ostbahn" dem Lande brachte. Dieser Umstand mindert in keiner Weise die Wichtigkeit des Werkes des großen Königs. Vor hundert Jahren war mit der Herstellung einer Wasserstraße für eine an Verkehrswegen gänzlich arme Provinz das Höchste erreicht, was zu erreichen war: die Möglichkeit eines Absatzes der Landesprodukte und der Einfuhr fremder Artikel. Nur wenig empfand man dabei die Langsamkeit, die das Schleusen und Ziehen der Kähne mit sich brachte. Seitdem aber die Kraft des Dampfes dem Menschen unterthänig gemacht war, und man gelernt hatte, dem schnell sich drehenden Rade den schmalen Eisenstreifen als Bahn anzuweisen, sprang die Langsamkeit jener Beförderung mit Tau und Ruder grell in die Augen. Zwar für einige Produkte erwies sich auch nach Einführung der Eisenbahnen die Versendung zu Wasser als die vortheilhaftere. Noch heute sehen wir zahlreiche Traften Holz, welches in Flößen aus der Weichsel in die Brahe geht, unseren Kanal passiren, und die kräftigen Gestalten der „Flissen" mit ihrem breiten Strohhut, der offenen Brust und dem drillenen Hemde bilden die nicht unmalerische, bewegliche Staffage des ruhigen Wasserspiegels. Auch Kähne, die aus Bromberger oder Nakeler Speichern Getreide eingenommen haben, werden noch täglich den Kanal herauf oder herab gezogen. Es hat also der Kanal seine Bedeutung für den Verkehr keineswegs verloren, wenn auch bei vielen Artikeln der schnellere und bequemere Versandt mit der Eisenbahn vorgezogen werden muß.

Der Verkehr zu Lande war vor dem Bau der Ostbahn in unserer Provinz, wie in der ganzen preußischen Monarchie, durch Posten geregelt, die ja ebenfalls noch heute, wenn auch in geringerer Ausdehnung, fortbestehen. Man würde aber sehr irren, wollte man von den Posten, wie sie heute sind, einen Rückschluß auf die der früheren Zeit machen.

Eine Postfahrt, wie sie vor vierzig Jahren durch unsere Provinz gemacht wurde, wird bald eine Sage sein. Chausseen gab es damals noch nicht eine in unserem Distrikt. Die Post mußte also Landwege benutzen. Der Passagier stieg in einen Wagen, der an jeder Seite eine Thür, aber kein Fenster hatte. Fensteröffnungen waren vorhanden, aber ohne Glas; sie wurden durch lederne Klappen verschlossen, welche unten angeknöpft werden mußten. Waren beide Fenster verschlossen, so saß der Passagier im Dunkeln. Doch war dieses nicht rathsam. Die Sitze waren nämlich Hängesitze, mit Ketten oder Riemen an den Seiten des Postwagens befestigt. Unter und hinter ihnen lag bunt durcheinander das Gepäck der Reisenden, Schachteln, Kisten, Fässer, oft bis an die Decke des Wagens aufgestapelt. Keine Scheidewand trennte den Passagier vom Gepäck. Langsam setzten sich die vier Pferde in Trab, der so lange dauerte, wie das Pflaster der Stadt. Hörte dieses auf, und kam der Wagen auf den sandigen oder vom Regen aufgeweichten, lehmigen Landweg, so begann der ewig gleiche Schritt der alten Postpferde, bei welchem Passagiere und Postillon einschliefen. Doch war, für die Ersteren wenigstens, der Schlaf kein ungestörter. Bald neigte sich der Wagen bedenklich auf eine Seite, denn die vom Postillon nicht gelenkten Pferde waren in einen Graben gerathen, bald versetzte eine aus dem Waldwege hervorragende Wurzel dem Wagen einen heftigen Stoß, so daß die Passagiere in ihren Hängesitzen mit den Köpfen aneinander fuhren, bald fiel — und dies war gar nicht selten — eine Kiste, wenn der Wagen einen Abhang herunterfuhr, von hinten einem arglos schlummernden Passagier auf den Kopf und erweckte ihn so aus dem Schlafe, bald sprang — auch davon wissen Personen aus jener Zeit zu erzählen — eine mitfahrende Dame entsetzt von ihrem Sitze auf, denn sie fühlte einen stechenden Biß an ihrem Bein, der von einem Blutegel herrührte, welcher seiner unter dem Sitze stehenden durchlöcherten Kiste entschlüpft war, — kurz, der kleinen, oft nicht unpoetischen Abenteuer einer Postfahrt vor vierzig Jahren gab es viele. Dabei hielten die Pferde vor dem Kruge jedes Dorfes von selbst still, denn sie wußten, daß der schlaftrunkene Postillon eines anderen Trunkes zur Stärkung bedurfte. So kutschirte man damals dem Reiseziele zu.

Natürlich mußte man Zeit zum Reisen haben, denn man brauchte z. B. zu einer Reise von Bromberg nach Berlin im günstigsten Falle nicht weniger als vier Tage und vier Nächte. Manchmal dauerte es sehr viel länger. Einst ging von der Post-Direktion zu Bromberg eine Klageschrift gegen einen Briefträger mit der Post an das General-Post-Amt zu Berlin ab. Der Briefträger, der von dem Abgange des Schriftstückes Kunde erhalten hatte und durch eine persönliche Vertheidigung die Klage wirkungslos zu machen glaubte, machte sich bald nach Abfahrt der Post zu Fuß auf den Weg und hatte die Genugthuung, daß das General-Post-Amt von den Gründen, die zu seinen Gunsten sprachen, lange in Kenntniß gesetzt war, ehe die Post mit der Klage in Berlin eingetroffen war.

Vieles verbesserte im Postverkehr die Anlage von Chausseen, die mit der bequemeren Einrichtung der Postwagen Hand in Hand ging. Dennoch dauerte auch auf der Chaussee eine Reise von Bromberg nach Berlin, die man heute in sieben Stunden macht, noch immer zweiundvierzig Stunden. Bewundern wir, denen heute die Lokomotive des Schnellzuges schon zu langsam fährt, die Geduld unserer Voreltern! In dem Landverkehr also brachte der Bau der Ostbahn die größte Umwälzung hervor. Sie, die den Osten der preußischen Monarchie mit dem Westen verbindet, hat auch unsere Provinz, die lange Zeit abseits lag von dem Wege des Völkerverkehrs, mitten hineingestellt in den Handel und Wandel Europas.

Der Weg, den die Ostbahn nehmen sollte, war beim Beginn des Baues derselben noch nicht sicher bestimmt. Die Endpunkte Frankfurt-Berlin und Königsberg ergaben sich von selbst, zweifelhaft aber war es, welche Städte die Bahn zwischen diesen weit entlegenen Punkten berühren sollte. Als einzig sicher konnte im Jahre 1846 die Bahnrichtung auf der Strecke von Marienburg über Elbing nach Königsberg betrachtet werden, deshalb begann man auch hier auf dem rechten Ufer der Nogat den Bau. Doch schon im nächsten Jahre mußten die Arbeiten der politischen Verhältnisse wegen, die unter den Arbeitern Unruhen hervorriefen, eingestellt werden, nachdem das Bahnplanum von Marienburg über Elbing bis hinter Mühlhausen in einer Länge von 8⅗ Meilen fast vollendet war. Die Wiederaufnahme der Arbeiten im Jahre 1848 beschränkte sich auf Anfertigung von Erdarbeiten vom Kreuzungspunkte mit der Stargard-Posener Bahn ab in der Richtung auf Bromberg. Erst nach ausführlichen Erörterungen wurde die Richtung der Bahn auf diese Stadt zu festgesetzt. Nachdem beschlossen war, die Bahn von Berlin über Landsberg, den Kreuzweg bei Driesen über Schneidemühl zu führen, handelte es sich noch um die Strecke von Schneidemühl bis Dirschau.

Außer der Linie über Bromberg hatte man als möglich noch den Weg von Schneidemühl über Landeck-Konitz ins Auge gefaßt. Für diese Strecke sprachen in dem damaligen Berliner Reichstage die Abgeordneten des schlochauer und krotoschiner Kreises. Der Abgeordnete des flatower Kreises forderte dagegen, daß die Bahn über Krojanke, Zempelburg in der Richtung auf Mewe gehe. Für den Bau der Bahn über Bromberg hatten sich aber die sämmtlichen technischen Kommissionen, die seit Jahren zur Untersuchung der zweckmäßigsten Linie in Thätigkeit waren, ferner die Stände des ehemaligen Vereinigten preußischen Provinzial-Landtages, dann die vom Reichstage zur Prüfung der für die Landeswohlfahrt angemessensten Linie ernannte Kommission und endlich auch das Staatsministerium erklärt. In der neununddreißigsten Sitzung des Reichstages setzte dann noch einmal der Abgeordnete für Bromberg, Bürgermeister Heyne, die Vortheile auseinander, welche diese Linie vor den beiden andern habe. Er wies nach, daß in Rücksicht auf Kultur, Verkehr und Bevölkerung die Kreise Wirsitz und Bromberg den concurrirenden weit überlegen seien und daß namentlich Bromberg als eine im schönsten Aufblühen begriffene, industrielle Stadt, die den Durchgangspunkt des Handels von Berlin mit Danzig, Königsberg und Warschau bilde, einen gerechten Anspruch auf Gewährung einer so bedeutenden Verkehrs-

Erleichterung habe. Auch für den Stettiner Handel sei es von Interesse, daß die Bahn über Bromberg gehe, weil es seinen Verkehr zwischen Oder und Weichsel habe und nach Polen einerseits seine überseeischen Waaren sende, andererseits von daher Produkte in großer Masse empfange. Wenn nun endlich auch in strategischer Hinsicht Bromberg als Centralpunkt der vier Festungen Küstrin, Thorn, Graudenz und Danzig seine Bedeutung habe, so falle der gegen diese Bahnrichtung erhobene Einwand der größeren Kostspieligkeit, (die Bahnlinie über Konitz ist zwei Meilen kürzer), in Hinblick auf die so bedeutenden Vortheile gar nicht ins Gewicht, und das größere Anlagekapital würde sich gewiß gut verzinsen. Diese Voraussage ist, wie wir sehen werden, vollkommen eingetroffen.

Es wurde nun auch zu Gunsten Brombergs die Wahl der Linie getroffen und im November 1849 die Fonds zum Weiterbau durch die Kammern bewilligt. Hierdurch war es möglich geworden, den bisher ohne rechten Nachdruck betriebenen Arbeiten eine größere Ausdehnung zu geben und namentlich auch Anstalten zur Herstellung des Oberbaues auf den fertigen Strecken und zur Beschaffung von Betriebsmitteln zu treffen. Rüstige Arbeit förderte das Werk rasch. Schon am 27. Juli 1851 konnte die 19,3 Meilen lange Strecke von Kreuz nach Bromberg eröffnet werden, und Hunderte von Bewohnern dieser Stadt begrüßten jubelnd das nie gesehene Schauspiel eines von Dampf getriebenen Zuges. Die Weitereröffnung der Bahn von Bromberg nach Danzig (21,1 Meilen) fand am 6. August 1852, von Marienburg nach Braunsberg (11,1 Meilen) am 19. Oktober desselben Jahres Statt. Am 2. August 1853 endlich wurde die 8,2 Meilen lange Strecke Braunsberg-Königsberg dem Betriebe übergeben, so daß zur durchgehenden Schienenverbindung zwischen Kreuz und Königsberg nur noch die 2,1 Meilen weite Lücke zwischen Dirschau und Marienburg auszufüllen blieb. Diese erforderte jedoch einen bedeutenden Aufwand an Zeit und Mitteln. Es galt, das Flußbett der Weichsel und Nogat zu überbrücken, eine Arbeit, die erst in der zweiten Hälfte des Jahres 1857 beendigt wurde. Trotz mancher Fehler ist der Riesenbau der Dirschauer Eisenbahnbrücke mit Recht ein Gegenstand der Bewunderung, und wenn ihre späteren Schwestern, wie z. B. die Kölner Rheinbrücke, Vorzüge vor ihr voraushaben, so haben sie diese auf Grund der an der Dirschauer Brücke gemachten Erfahrungen.

Für Bromberg besonders wichtig war es, daß sowohl von hier aus der Bau der ganzen Ostbahn geleitet wurde, als auch daß nach Vollendung derselben, die gesammte Verwaltung in Bromberg concentrirt und durch die bei der Verwaltung beschäftigten Beamten der Stadt ein erfreulicher Zuwachs an Einwohnerzahl und Intelligenz gewährt wurde. Nach den bisher gemachten Erfahrungen hat sich der Sitz der Direktion in Bromberg, dem Mittelpunkte der Ostbahn, der Leitung des Betriebes durchaus günstig erwiesen, und es wäre im Interesse unserer Stadt tief zu beklagen, wenn das in letzter Zeit öfter aufgetauchte Gerücht sich bewahrheiten sollte, den Sitz der Direktion von Bromberg nach Berlin zu verlegen. Die damit verbundene Minderung der Einwohnerzahl nicht nur, sondern vor Allem das Aufhören des bedeutenden Einflusses, den die Bahn-Direktion durch die von ihr geforderten Arbeiten auf Hebung der Gewerbe ausübt, würde in dem gedeihlichen Aufschwunge unserer Stadt einen Rückschlag hervorbringen, unter dem sie vielleicht auf Jahre hinaus zu leiden hätte.

Den vorläufigen Abschluß erhielt die Ostbahn durch Eröffnung der beinahe 18 Meilen langen Strecke Kreuz-Küstrin-Frankfurt a. O. am 12. Oktober 1857, denn hierdurch war die zunächst angestrebte Vereinigung von Königsberg und Berlin erreicht, da zwischen Frankfurt und Berlin schon längere Zeit eine Eisenbahn im Betriebe war. Indessen erwies sich eine Verlängerung der Bahn nach Osten hin bald als nothwendig, um den wichtigen Verkehr mit Rußland zu erleichtern. Es wurde daher bald nach Fertigstellung des Hauptstranges der Bau der Bahn über Königsberg hinaus in Angriff genommen, und es konnte am 6. Juni 1860 die Strecke Königsberg-Stallupönen (18,85 Meilen) und am 15. August desselben Jahres die Strecke Stallupönen-Eydtkuhnen (1,18 Meilen) dem Verkehr übergeben werden. Auf dem russischen Grenzbahnhof Wirballen schließt sich nun der Hauptschienenstrang an die große russische Eisenbahn an und vermittelt die direkte Verbindung zwischen Berlin und Petersburg. Mit dem russischen Reiche steht die Ostbahn noch auf einem zweiten Punkte in Verbindung. Es schließt sich nämlich die im Jahre 1860 in Angriff genommene Zweigbahn zwischen Bromberg und Thorn, welche in einer Länge von 6,5 Meilen am 24. Oktober 1861 eröffnet wurde, auf dem polnischen Grenzbahnhofe Alexandrowo unmittelbar an die Warschau-Wiener Bahn an und bildet so die nächste direkte Verbindung zwischen Berlin und Warschau.

Bis vor wenigen Monaten aber machte die Ostbahn auf der Strecke von Küstrin nach Berlin einen Umweg dadurch, daß sie Frankfurt berührte. Auch dieser ist jetzt fortgefallen, seit vom 1. Oktober 1866 ab die Ostbahn direkt von Küstrin bis Gusow (2,52 Meilen), und seit dem 1. Oktober 1867 von dieser Station bis Berlin (8,42 Meilen) geht. Gleichzeitig mit Eröffnung der letztgenannten Strecke wurde auch die Strecke von Danzig nach Neufahrwasser (1,5 Meilen) dem Verkehr übergeben, sodaß also auch mit der Ostsee eine direkte Schienenverbindung erreicht ist. Außer den schon erwähnten Anschlüssen, die die Ostbahn an russische Bahnen hat, steht sie noch mit der Stargard-Posener Bahn, die sie beim Bahnhof Kreuz durchschneidet, ferner mit der Ostpreußischen Südbahn durch Königsberg und endlich mit der Tilsit-Insterburger Bahn durch Insterburg in Verbindung. In ihrer Gesammtausdehnung hat die Ostbahn mit den Zweigbahnen die für europäische Verhältnisse immerhin bedeutende Länge von fast vollen 120 Meilen.

Einen erfreulichen Beweis für die günstige Entwicklung des Verkehrs bei der Ostbahn wird folgende Zusammenstellung von Zahlen aus den Jahren 1853 und 1866 liefern. Sie enthält in drei Abtheilungen für die im Netzdistrikte belegenen Stationen der Ostbahn die Angabe 1. der Personenfrequenz, 2. der Güterfrequenz und 3. des angekommenen und abgegangenen Viehes, zugleich mit den daraus gelösten Einnahmen, und zeigt, wie bedeutend während dieser 13 Jahre der Verkehr in jeder Hinsicht gestiegen ist.

I. Die Personenfrequenz betrug

auf den Stationen:	im Jahre 1853: abgegangen:	angekommen:	im Jahre 1866: abgegangen:	angekommen:	1853: mit einer Einnahme von:	1866:
Bromberg ..	32404	36320	119735	121493 Personen	50094	124070 Thlr.
Nakel	16458	14609	58119	52531 "	16570	64677 "
Osiek	3425	3518	13780	12937 "	2790	11033 "
Bialosliwe ..	6874	6725	19472	17843 "	6479	14068 "
Miasteczko ..	1880	1805	6461	5957 "	1044	2647 "
Schneidemühl .	12420	12154	42740	45365 "	12383	44061 "
Schönlanke ..	7315	7452	23011	21531 "	5151	15297 "
Filehne	6746	6556	18988	19580 "	3627	8799 "
Kreuz	5696	4417	95559	96577 "	7512	120716 "

II. Die Güterfrequenz betrug

auf den Stationen:	im Jahre 1853: abgegangen:	angekommen:	im Jahre 1866: abgegangen:	angekommen:	1853: mit einer Einnahme von:	1866:
Bromberg ..	141822	262669	482528	455406 Centner	52872	77333 Thlr.
Nakel	79108	46925	307342	138098 "	8148	48954 "
Osiek	13929	11057	51496	33853 "	1518	7161 "
Bialosliwe ..	34859	21791	113581	60575 "	3736	17373 "
Miasteczko ..	7759	3886	19762	5888 "	468	2024 "
Schneidemühl .	40708	61352	180421	110082 "	9968	28081 "
Schönlanke ..	39033	22802	169753	70072 "	4350	17633 "
Filehne	36407	44013	37933	63675 "	3791	4187 "
Kreuz	59860	56526	33754	21388 "	3666	7915 "

Vergleicht man in diesen beiden Tabellen die Einnahmen, welche die Stationen Bromberg und Nakel in den Jahren 1853 und 1866 aus dem Personen- und Güter-Verkehr gezogen haben, so scheint es, als ob Nakel an Zunahme des Verkehrs Bromberg weit überflügelt habe. Denn während Bromberg an Einnahme aus dem Personenverkehr im Jahre 1866 etwas mehr als das Doppelte gegen das Jahr 1853 aufweist (124070 gegen 50094 Thlr.), zeigt Nakel im Jahre 1866 eine fast viermal so große Einnahme gegen das Jahr 1853 auf (64677 gegen 16570 Thlr.). Noch ungünstiger stellt sich das Verhältniß beim Güterverkehr. Hier hat Bromberg im Jahre 1866 kaum ein Drittel mehr eingenommen, als im Jahre 1853 (77333 gegen 52872 Thlr.), wogegen Nakel fast das Sechsfache des Jahres 1853 im Jahre 1866 eingenommen hat (48954 gegen 8148 Thlr.). Doch liegen die Ursachen dieses scheinbaren Mißverhältnisses klar zu Tage. Bis zur Eröffnung der Zweigbahn Bromberg-Thorn im Jahre 1861 concentrirte sich der ganze Verkehr mit Polen in Bromberg, wogegen er jetzt in Thorn abgefertigt wird. Der bedeutende Ausfall, den hierdurch der Güter- und Personen-Verkehr in Bromberg erlitten hat, erklärt es, weshalb letztgenannte Stadt so bedeutend hinter Nakel zurückgeblieben ist.

III. An Vieh sind

auf den Stationen:	im Jahre 1853: abgegangen:	angekommen:	im Jahre 1866: abgegangen:	angekommen:		1853: mit einer Einnahme von:	1866:
Bromberg	266	588	94454	43086	Stück	482	23788 Thlr.
Nakel	2897	82	43648	4811	„	163	8934 „
Osiek	41	52	2529	155	„	28	1239 „
Bialosliwe	984	213	60826	2724	„	211	6691 „
Miasteczko	811	1	818	128	„	34	218 „
Schneidemühl	5977	802	30352	8513	„	191	3784 „
Schönlanke	364	2337	7557	2527	„	60	2570 „
Filehne	6754	952	14839	4634	„	436	2124 „
Kreuz	2937	2203	14364	11577	„	1186	2368 „

Die Gesammteinnahme der Ostbahn belief sich im Jahre 1853: im Jahre 1866:
aus dem Personen-Verkehr auf .... 559379 Thlr.   3027318 Thlr.
aus dem Güter- und Vieh-Transport . 301633 „   2842721 „
an außerordentlichen Einnahmen ... 31976   „   417665 „

in Summa 892988 Thlr.   6287704 Thlr.

Hierbei betrug die Länge der im Jahre 1853 im Betriebe befindlichen Strecke 52 Meilen, wogegen dieselbe im Jahre 1866 111 Meilen betrug. Und während im Jahre 1853 das Anlage-Kapital sich erst mit 1¼ Procent verzinste, brachte das Jahr 1866 schon 6⅕ Procent, ein sprechendes Zeugniß für den gesteigerten Verkehr!

Bis jetzt hat die Ostbahn größtentheils nur ein Geleise, das jedoch sich mehr und mehr als unzureichend erweist. Man hat deshalb schon an mehreren Punkten die Legung eines zweiten Geleises in Angriff genommen, und es befinden sich gegenwärtig Doppelgeleise auf den Bahnstrecken Küstrin-Berlin, Küstrin-Friedeberg, Driesen-Filehne und Elbing-Braunsberg. In nicht zu langer Zeit wird die Ostbahn durchweg doppelgeleisig sein, ein Umstand, der ihre Betriebsfähigkeit noch mehr entwickeln und zur größeren Sicherung des Betriebes unzweifelhaft beitragen wird. Von der größten Wichtigkeit für den bequemen Betrieb sind für eine eingeleisige Bahn von so bedeutender Länge die elektrischen Telegraphen, deren zahlreiche Drähte das Bahnplanum ununterbrochen begleiten und in wenigen Minuten die für den Verkehr wichtigen Mittheilungen bis zu den entlegensten Punkten befördern. Auch sonst durchziehen ja Telegraphendrähte nach verschiedenen Richtungen unsere Provinz, und alle bedeutenderen Städte derselben stehen durch sie in engem Verkehr.

Wenn endlich um noch die in diesem Frühjahr auf Staatskosten in Angriff genommenen Strecken Schneidemühl-Dirschau (ungefähr 25 Meilen) und Thorn-Insterburg (auf dem rechten Weichselufer, ungefähr 35 Meilen) fertig gestellt sein werden, so werden auch die Theile unseres Distriktes, die sich bis jetzt noch nicht der Segnungen einer Eisenbahn erfreuten, in das große Verkehrsnetz eintreten. Die erstgenannte Strecke wird dann die eigentliche Hauptlinie der Ostbahn bilden, während die letztere den Anschluß an die von der Oberschlesischen Eisenbahn-Gesellschaft erbaute Posen-Thorn-Bromberger Eisenbahn vermitteln wird. Diese, deren Bau gleichfalls schon begonnen ist, soll sich von einem Punkte, nicht südlicher als Pakosc gelegen, nach Bromberg abzweigen und so das Gesammtnetz vervollständigen.

Der glänzende Erfolg, den die Ostbahn gehabt hat, bürgt dafür, daß auch die neuen Strecken das Ihrige zum Wohle und zur Hebung unserer Provinz beitragen werden, und mit dem Verkehre und Handel werden auch Bildung und Gesittung immer mehr und mehr auf dem schmalen Eisenpfade bei uns einkehren.

Ackerbau sonst und jetzt.

Seitdem Polen mit dem Aussterben des Jagellonischen Königshauses (1572) ein vollständiges Wahlreich geworden und der Adel vermöge der Wahl-Capitulationen sich ein unbedingtes Strafrecht über seine Unterthanen hatte bestätigen lassen, verschwand jedes persönliche, wie jedes dingliche Recht des unterthänigen Bauern gegenüber seinem Gutsherrn. Er übte die unbeschränkte Patrimonial-Gerichtsbarkeit und Polizeigewalt aus. Wenn in Polen in alter Zeit bis zu der des dreißigjährigen Krieges und noch im vorigen Jahrhundert, wie einst die Städte durch deutsche Einwanderer nach deutschem Recht gegründet waren, so zur Hebung und Kultur-Verbesserung des Landes fort und fort zahlreiche deutsche Kolonisten gemeindeweise, ebenfalls mit deutschem Recht, d. h. mit persönlicher Freiheit und Eigenthums-Besitz, angesiedelt wurden: so erachteten sich doch die gutsherrlichen Nachfolger des ursprünglichen Privilegiengebers zur beliebigen Zurücknahme der verliehenen Gerechtsame für befugt, ohne daß es dagegen einen Rechtsschutz gab.

Diesen Zuständen, bei denen keine gedeihliche Kultur-Entwicklung der Landwirthschaft, selbst nicht einmal auf den mit den Frohnden elender Bauern bewirthschafteten Rittergütern, auch kein Emporkommen städtischer Gewerbe möglich war, machte im Netz-Distrikte erst die Preußische Herrschaft im Jahre 1772 ein Ende. Mit ihr begannen die wohlthätigen Reformen und die großartigen Meliorationen, die in den vorigen Abschnitten besprochen sind. Die Zwischen-Regierung des Herzogthums Warschau war der Förderung der Landwirthschaft und der Befreiung derselben von den sie einschränkenden Fesseln nicht günstig. Zwar hatte auch die Konstitutions-Urkunde des Herzogthums Warschau von 1807 die persönliche Leibeigenschaft des Bauernstandes abgeschafft. Aber ohne gleichzeitige Gesetze zur Beschützung und Befestigung seines Besitzes an den Höfen wurde ihm diese Maßregel, bei den darauf in Masse eintretenden Kündigungen und Entsetzungen bäuerlicher Wirthe, nur um so schädlicher. Es war hohe Zeit für die Erhaltung des Bauernstandes im Ganzen, daß diesem Ausweisungssystem ein Ende gemacht wurde. Bald nach der Preußischen Wiederbesitznahme, nach Einführung des Allgemeinen Landrechts, erschien denn auch die Cabinets-Ordre vom 6. Mai 1819, welche jenen gutsherrlichen Kündigungen und Exmissionen entgegentrat und dadurch den Bauernstand für die durch das Gesetz vom 8. April 1823 angeordnete gutsherrlich-bäuerliche Regulirung und Eigenthums-Verleihung conservirte. Erst seit dieser Zeit beginnt die Hebung der Landwirthschaft auf den Rittergütern, den Bauernhöfen und in den Feldmarken der vielen Mediatstädte des Netz-Distriktes.

Damals lag die Landwirthschaft in diesem Distrikte ganz darnieder, und von einer rationellen Bewirthschaftung der Ritter- und Bauerngüter war nirgend die Rede.

Die größeren Güter wurden fast ausschließlich mit den Scharwerken der Bauern bewirthschaftet. Sie waren mit schlechten und nirgends ausreichenden Gebäuden versehen, besaßen nicht das allernothdürftigste lebende und todte Inventarium und hatten wenig oder gar keine Tagelöhner.

Die Gebäude waren von Holz oder schlechten Lehmpatzen erbaut, fast durchweg mit Stroh eingedeckt. In den Wohnhäusern der Herren wurden nur selten Oefen angetroffen, wohl aber waren Kamine überall im Gebrauch; oft waren die Stuben ungedielt, Thüren und Fenster fast immer schlecht. Das lebende Inventarium bestand gewöhnlich nur aus einigen Kutsch- und Reitpferden, wenigen Kühen und einigen Schweinen nebst Federvieh. Die Bewirthschaftung geschah größtentheils durch die Bauern, namentlich wurden die Hand- und Spannarbeiten durch diese verrichtet. Selten hielten die Gutsbesitzer eigene Schafe und dann nur in sehr geringer Zahl. Gewöhnlich wurde ein Pachtschäfer angenommen, der eine eigene kleine Heerde hielt, den Dünger zurückließ und für die Benutzung der Weide und des Winterfutters eine Pacht in Gelde zahlte oder durch Schaflieferung entrichtete.

Daß unter solchen traurigen Verhältnissen weder die Kultur der Rittergüter, noch die der Bauerngrundstücke gedeihen noch gehoben werden konnte, lag auf der Hand. Dazu kam nun noch der auf den Bauernhöfen lastende Scharwerk, welcher in großem Umfange zur fast ausschließlichen Bewirthschaftung der herrschaftlichen Vorwerke geleistet werden mußte und für die Bewirthschaftung der eigenen Bauerhöfe weder Zeit noch Mittel übrig ließ. Nicht minder hinderlich war die Lage der herrschaftlichen und bäuerlichen Ländereien, welche nicht zusammen in einem Ganzen, sondern in vielen Stücken bunt durcheinander lagen, und die überall hergebrachte gegenseitige Anhütung, welche der Einführung verbesserter Wirthschaftssysteme entgegen traten. Die Dreifelderwirthschaft wurde überall angetroffen. Ihre Abänderung und Verbesserung war aber ohne Durchführung der Eigenthums-Verleihung an die Bauern und ohne vollständige Gemeinheitstheilung und Zusammenlegung der jedem Besitzer gehörigen Grundstücke nicht möglich. Diese mußte Hand in Hand gehen mit der Ablösung der Dienste und Leistungen jeglicher Art, besonders aber mit der des Naturalfeldzehntens, welcher in großer Zahl an Pfarrer und Stiftungen zu geben war, und die eigenen Aecker entkräftete. Alle diese Fesseln, welche der Landwirthschaft und ihrer gedeihlichen Entwickelung seit Jahrhunderten anhafteten, wurden durch die Ausführung der agrarischen Gesetzgebung des Preußischen Staats zerbrochen.

Jetzt sind, außer wenigen noch bestehenden Forstservituten, die Regulirungen, Separationen und Ablösungen fast überall durchgeführt, und es ist die Landes-Kultur in unserem Distrikte in einem kaum geahnten Maße gehoben worden.

Mit dem platten Lande stehen bei uns die Landstädte in innigem Zusammenhange. Nirgends ist die allgemeine Physiognomie unseres Landes schärfer ausgeprägt als in den kleinen Städten desselben und nirgends scheint sie stabiler zu sein. Während der Betrieb der Landwirthschaft auf dem platten Lande bei uns seit den letzten drei Decennien bedeutende Fortschritte gemacht hat, während nicht bloß unter den zurückgebliebenen Gutsbesitzern, sondern auch unter den Bauern die alte Indolenz von einem lebhaften Streben und Ringen nach verbesserter Wirthschaft mehr und mehr verdrängt wurde und jetzt fast ganz beseitigt ist, hat sich in den städtischen Gewerben der meisten Land-Städte des Netzdistriktes weniger davon bemerklich gemacht. Auch der Ackerbau dieser Städte ist im Vergleich mit dem der Bauern zurückgeblieben. Selbst in denjenigen Gegenden, die sich durch besseren Boden, größere Kultur und Wohlhabenheit auszeichnen, finden sich kleine Städte, deren Gebäude von Armuth und deren Fluren von vernachlässigter Bestellung zeigen.

Die Ursachen dieser Erscheinung sind theils in früheren Zuständen, theils in fortdauernd wirkenden Einflüssen zu suchen. Hauptsächlich ist in dieser Beziehung die übergroße Zahl der Land-Städte, die Art und Weise der früheren Verfassung und Verwaltung des städtischen Gemeinwesens, die drückende Abhängigkeit, in welcher der größte Theil dieser Städte seither zu ihren Gutsherren gestanden, der frühere armselige und bedrückte Zustand des benachbarten gemeinen Landmannes, endlich der Mangel an Thätigkeit, Industrie und Betriebskapital von schädlichem Einfluß gewesen. Manche von diesen Ursachen sind bereits durch eine weise Gesetzgebung und eine rege Fürsorge der Verwaltung beseitigt, andere erwarten noch von der Zeit ihre Beseitigung. Im Allgemeinen ist nicht zu verkennen, daß auch der Zustand der kleinen Städte sich seit der Preußischen Wiederbesitznahme des Netz-Distriktes im Besserwerden befindet, wenn auch diese Besserung weniger hervortritt, als bei den Zuständen des platten Landes.

Die übergroße Zahl der Land-Städte, welche unsere Gegend besitzt, nimmt unter den Hindernissen ihres Aufkommens eine der ersten Stellen ein. Die Provinz Posen besitzt überhaupt 146 Städte, also allein etwa ⅐ der ganzen Städtezahl des Preußischen Staates, wie er zu Anfange des Jahres 1866 bestand. Damals waren überhaupt in diesem Umfange des Staates 979 Städte vorhanden. Wenn es auch richtig ist, daß sich für ein angemessenes Verhältniß der Städte zum platten Lande ein allgemeiner Maßstab nicht angeben läßt, da Klima, Boden, Lage, Kulturzustand und andere Momente eine große Verschiedenheit auch in Betreff dieses Punktes bedingen, so springt es doch in die Augen, daß die Zahl von 146 Städten für ein Land, das, von der Natur vorzugsweise auf Ackerbau und Viehzucht angewiesen, keine erhebliche Fabrikation, keinen bedeutenden Handel besitzt, viel zu groß ist. Die meisten dieser kleinen Städte gingen nicht aus einem wirklichen Bedürfnisse des Landes hervor, das in früherer Zeit nicht volkreicher und gewerbsamer gewesen, wie jetzt, sondern sie verdanken bekanntlich dem Eigennutz und der Eitelkeit der polnischen Edelleute ihre Entstehung. Diese legten einen Werth darauf, im Bereiche ihrer Güter eine Stadt zu besitzen, wenn diese auch nichts weiter als eine Sammlung von Lehmhütten, um einen freien Platz gereiht, vorstellte. Was ihnen neben Befriedigung ihrer Eitelkeit einen reellen Gewinn dabei versprach, war außer den Abgaben und Diensten der vermehrte Absatz ihres Branntweins und Biers an die Besucher der städtischen Märkte. Die Haltung von Märkten bildete eins der wesentlichsten Rechte dieser sogenannten Städte. Sie waren so zahlreich, daß schon dieser großen Zahl wegen ein eigentlicher gewerblicher Verkehr nicht stattfinden konnte. Sie waren vielmehr eine dem geselligen Sinne der Bevölkerung erwünschte Gelegenheit zu Trinkgelagen und gemeinschaftlichem Müßiggange, dabei zugleich ein Sammelplatz der Wucherer, die hier eine reiche Ernte zu machen pflegten. Es ist unglaublich, zu welcher Verschwendung von Geist, Arbeit und Zeit der Besuch dieser häufigen Märkte, welche selten ein Bauer zu versäumen pflegte, Veranlassung gab, wieviel dadurch und durch die übergroße Zahl der katholischen Feiertage dem National-Vermögen und der Sittlichkeit verloren ging und zum Theil noch geht. Wer, zumal in früheren Zeiten, d. h. vor drei bis vier Decennien, solchen Marktbesuchen beigewohnt und gesehen hat, wie diese Schaaren von Landleuten jeden Alters und Geschlechts zu Fuß und zu Wagen schon am frühen Morgen zu dem benachbarten Städtchen hineilten, das oft nicht halb so viel Bewohner enthielt, als an diesem Tage Besucher, wie auf diesen Wagen oft gar nichts, oft nur wenig Bunde Stroh oder Heu, ein Paar Gänse, kurz nicht mehr geladen war, als ein rüstiger Mensch bequem forttragen kann, wie dann die armen Pferde und Ochsen, den Tag über draußen jeder Witterung preisgegeben, sich im besten Falle mit etwas vorgeworfenem Stroh oder Heu, das sie noch aus dem Straßenschmutz sich auflesen mußten, zu behelfen benöthigt waren, während ihre Herren sich in den Schänken umhertrieben; wer endlich gesehen hat, wie dann dieser ganze Haufe, unter dem kaum ein Einziger nüchtern, spät am Abend mit leerem Beutel und überschwerem Kopfe taumelnd, lärmend und tobend im tollsten Durcheinanderjagen sich nach Hause bewegte, wie hier umgeworfene und zerbrochene Wagen, dort liegen gebliebene betrunkene Bauern am nächsten Morgen den Weg gleich einem Schlachtfelde bezeichneten; nur wer solchen Scenen beigewohnt hat, kann sich einen Begriff machen von der wahren Bedeutung dieser städtischen Märkte. Es war daher ein großer Gewinn für materielle und sittliche Kultur, daß die Regierung vom Jahre 1830 ab die Zahl dieser Märkte, welche bei manchen Städten zwölf im Jahre betrug, nach und nach bedeutend beschränkte. Der Besuch dieser Märkte, obwohl sie auch jetzt noch in manchen Städten, ja selbst in manchen Kirchdörfern zu zahlreich sind und von einem großen Theile der Landleute weniger zum Zweck des Ein- und Verkaufs, als aus alter Gewohnheit und aus Geselligkeitshang besucht zu werden pflegen, bietet doch namentlich in den Kreisstädten gegenwärtig ein ganz anderes Bild von dem Umfange des städtischen und ländlichen Verkehrs dar, als dies früher der Fall war. Auch die geschilderten Scenen haben ihre Wahrheit, wenn auch nicht ganz, so doch größtentheils verloren und Wohlhabenheit, Ordnung und äußere Gesittung haben unter den bäuerlichen Wirthen und Tagelöhnern solche widrigen Schauspiele viehischer Trunkenheit viel seltener gemacht.

Man hat die Verminderung der Zahl der kleinen Städte zwar von Seiten der Regierung versucht, indessen sind diese Versuche an der Eitelkeit und dem Unverstande der städtischen Bewohner gescheitert, welche nicht zu bewegen waren, ihre sogenannten Privilegien aufzugeben und den Namen Bürger, so theuer er ihnen auch zu stehen kam, mit dem ihrer Ansicht nach viel tiefer stehenden Range der Bauern oder Landbewohner zu vertauschen. Im Wege des Zwanges aber mit solcher Umwandlung vorzugehen, trug die Regierung um so mehr Bedenken, als doch manche, wenn auch zum Theil eingebildete Rechte dadurch verletzt worden wären. Die meisten kleinen Städte waren Mediatstädte, die von ihren Gutsherren Privilegien erhalten hatten und ihnen zu vielfachen Diensten und Leistungen verpflichtet waren. Die gewerblichen und persönlichen Verpflichtungen und Abgaben dieser Mediatstädte an ihre Gutsherren sind durch das Gesetz vom 13. Mai 1833 aufgehoben und durch Aufhebung der Zwangs- und Bannrechte ein nicht minder drückendes Hemmniß des Verkehrs beseitigt. Hierdurch war ein großer Schritt sowohl für die politische Emancipation der kleinen Städte, als für die Entwickelung ihres Wohlstandes gethan. Daß die letztere nicht eben so rasch wie die erstere vorschreiten konnte, liegt in der Natur der Sache.

Das Gedeihen der kleinen Städte wird vorzugsweise von den Zuständen des platten Landes bedingt, und deshalb gehen ihr Verkehr unter einander und ihre Bedürfnisse Hand in Hand. Die gewerbliche Industrie konnte aus sich selbst allein die Mittel des Aufschwungs nicht schöpfen und ebensowenig ausreichend dazu waren die bedeutenden Unterstützungen Seitens der Regierung. Nur durch eine durchgreifende Verbesserung der ländlichen Zustände war es möglich, der gewerblichen Industrie, selbst der in den Land-Städten, aufzuhelfen.

Keine Industrie kann ohne gesicherten regelmäßigen Absatz ihrer Erzeugnisse auf die Länge bestehen. Er ist die erste und wesentlichste Bedingung ihrer Existenz. Woher aber sollte dieser Absatz kommen in einem Lande, dessen Bevölkerung größtentheils nur aus reichen Herrschaftsbesitzern, herabgekommenen Gutsherren, stark belasteten Bauern und armseligen Tagelöhnern bestand? Die Gutsbesitzer, das Einkommen von ihren vernachläßigten Gütern im Auslande verzehrend oder ihre Luxusbedürfnisse aus der Hauptstadt beziehend, gaben dem kleineren Gewerbebetrieb der Land-Städte selten und dann nur wenig Beschäftigung. Auch die Bauern, welche mit Diensten und Abgaben belastet waren, konnten eine ausreichende Beschäftigung nicht gewähren, denn sie waren ohne gesicherten Besitz, lebten nur aus der Hand in den Mund und begnügten sich, unbekannt mit allen Bequemlichkeiten und Genüssen des Lebens, mit der dürftigsten Nahrung, Kleidung und Wohnung. Die unentbehrlichsten

Haus- und Wirthschaftsgeräthe verfertigten sie sich entweder selber, oder sie ließen solche von Handwerkern in der allereinfachsten, rohesten Form arbeiten. Es galt früher schon für einen ungewöhnlichen Luxus, wenn der polnische Bauer außer seinem Schafpelze, den er Sommer und Winter hindurch zu tragen pflegte, einen Tuchrock besaß oder in gedielter Stube wohnte. Seine Wohn- und Wirthschaftsgebäude, von der einfachsten Structur in Bohlen oder Lehmfachwerk, erbaute er sich selbst mit Hülfe eines gewöhnlichen Zimmermanns. Maurer wurden dabei selten gebraucht, denn gemauerte Schornsteine gab es nicht, die Schwellen wurden auf die Erde gelegt und das Ausfüllen der Fächer mit Lehm besorgte der Bauer selber, ebenso wie das Eindecken der Dächer mit Strohschober. Hauptreparaturen kamen nicht vor. Es wurde ohne sachverständige Hülfe so lange geflickt und gestützt, als es nur irgend ging. Die Wagen waren in der Regel nicht mit Eisen beschlagen. Statt der ledernen Geschirre dienten Stricke, und die gebräuchlichen hölzernen Eggen setzte der Wirth sich selber zusammen. Der polnische Bauer mit seinem angebornen mechanischen Geschick war nicht selten Riemer, Stellmacher und Baumeister in einer Person.

Jetzt sind die mancherlei Lasten und Beschränkungen, denen der Grundbesitz unterlag, beseitigt. Die freie Disposition über die Grundstücke der Gutsherrn und Bauern ist hergestellt. Nur auf diesem Wege war es möglich, die Bodenkultur zu heben und die ländliche Bevölkerung auf diejenige Stufe des Wohlstandes zu heben, zu der sie nach den günstigen natürlichen Verhältnissen des Landes befähigt erschien. Die landwirthschaftlichen Zustände im Netzdistrikte haben eine wesentliche Umgestaltung zum Bessern erfahren. Der Bauer ist aus seiner Apathie geweckt, er ist thätiger und betriebsamer geworden und zu einem gewissen Wohlstande gelangt. Er nährt und kleidet sich besser und wohnt anständiger als früher. Die Gutsbesitzer haben die Bewirthschaftung ihrer Güter selbst in die Hand genommen, sie haben sich von dem seitherigen alten Schlendrian immer mehr und mehr losgerissen und den ergiebigen Naturfonds besser als früher benutzt. Sie wirthschaften intelligenter, kräftiger und sorgfältiger; die Erträge sind bedeutend gestiegen, eine Menge von Kulturen und Meliorationen ausgeführt, an die man vor wenigen Jahrzehnten kaum dachte. Der arbeitenden Klasse ist bei weitem mehr Gelegenheit zu lohnender Beschäftigung gegeben und auch ihre Lage hat sich wesentlich verbessert. Kurz unsere Güter haben sich in jeder Hinsicht, in Baulichkeit, Inventarien und rationeller Bewirthschaftung überhaupt, so gehoben, daß sie nur selten den Gütern in den alten Landestheilen nachstehen. Daß durch die zum Zweck der Auseinandersetzungen und neuerdings noch zur anderweiten Grundsteuerregulirung nothwendig gewordenen Vermessungen, Bonitirungen, Werthsermittelungen rc. eine nähere Kenntniß des Bodens und seiner zweckmäßigen Benutzung allgemeiner verbreitet worden ist, sind Thatsachen, die nicht genug gewürdigt werden können. Die hergebrachte Dreifelderwirthschaft ist auf den Gütern fast überall gewichen und es ist eine durchdachte Schlagwirthschaft an ihre Stelle getreten. Die bäuerlichen Besitzer sind diesem rühmlichen Streben gefolgt und haben ihre Wirthschaften so wesentlich verbessert und gehoben, daß die reine Dreifelderwirthschaft wohl nicht mehr vorkommt. Sie haben gleich den größern und großen Besitzern in den meisten Fällen den Futterbau eingeführt und dadurch den Viehstand ungemein erhöht und verbessert. Auch kommen bei den Bauern ordentlich eingerichtete Schlagwirthschaften vor, und es giebt keinen Theil des preußischen Staates, in welchem soviel bäuerliche Musterwirthschaften gebildet und ausgeführt sind, als bei uns. Mit großer Anerkennung müssen wir hierbei des verstorbenen Landes-Ökonomie-Raths Schwarz-Jordanowo gedenken, des Mannes, der diese Musterwirthschaften schuf und förderte und sich den Segen der bäuerlichen Wirthe erwarb. Die heilsame Wirkung seiner Lehre ist in stetem Zunehmen und wird in überaus gedeihlicher Weise durch den Rittergutsbesitzer v. Tschepe auf Broniewice fortgeführt. Leider kann das rühmliche Streben der bäuerlichen Wirthe nicht in vollem Maße auf die Ackerbesitzer der Landstädte übertragen werden. In vielen derselben haben die größeren Besitzer sich in Folge der Separation auf ihre Ländereien abgebaut. Zur Vergrößerung der Besitzungen bietet Zusammenschlagen kleiner Grundstücke und Ankauf benachbarter Parzellen nicht selten Gelegenheit dar. Wenn der natürliche Drang nach Erwerb von Grundeigenthum und die gestiegene Bodenkultur die Zersplitterung begünstigt, so dient andererseits der Hang zur Vergrößerung des Besitzthums, im Bunde mit der steigenden Einsicht in das landwirthschaftliche Gewerbe, als ein wohlthätiges Gegengewicht und es hat in der That mit der gefürchteten Überschreitung der vom Bedürfniß hierin gestatteten natürlichen Grenze keine solche Noth, wie man sich häufig vorzustellen pflegt. Jedenfalls ist die oft gefürchtete Gefahr einer zu weit gehenden Zersplitterung des Grundeigenthums in den Landstädten nicht größer, als auf dem platten Lande, ja ihr Nachtheil ist sogar geringer, weil der Ackerbau nicht der alleinige Erwerbszweig der Städte ist und Spatenwirthschaften hier häufiger an ihrem Platze sind.

So lange die Ackerbürger in ihrer Mehrzahl sich aber nicht mit ganzer Seele dem Betriebe der Landwirthschaft hingeben, sondern diese nur als eine mehr oder minder lästige Zuthat und nicht als den Beruf ihres Lebens betrachten, so lange sie, wie dies oft vorkommt, Nichtsthun und verderbliche Zerstreuungen der ländlichen Beschäftigung vorziehen und es in thörichtem Wahn wohl gar unter ihrer Würde halten, gleich dem Bauern den Pflug zu führen, so lange sie sich von diesen nur durch bessere Kleidung, Haltung und andere Äußerlichkeiten, nicht aber durch größere Berufsbildung, leichtere Empfänglichkeit für landwirthschaftliche Fortschritte und Tüchtigkeit in der Wirthschaftsführung auszuzeichnen streben, so lange ist freilich ein allgemeines Gedeihen der städtischen Landwirthschaft nicht zu erwarten, wiewohl es schon in vielen Fällen erfreulich hervortritt. Aber mit den Fortschritten der Aufklärung und Bildung, mit der größern Achtung, welche sich das schöne landwirthschaftliche Gewerbe selbst in seinen niedrigeren Stufen erringt und der immer mehr eintretenden Nivellirung aller Standesunterschiede werden diese Hindernisse mehr und mehr verschwinden. Schon jetzt hat die gestiegene Wohlhabenheit des bäuerlichen Landmannes und seine politische Stellung hierin Vieles gebessert und der Ackerbürger sieht nur noch selten mit der früheren

Geringschätzung auf seinen ländlichen Berufsgenossen herab. Fortgesetzte Sorge des Staats für Förderung der Intelligenz unter den kleineren Wirthen in Stadt und Land und für Beschaffung der fehlenden Betriebsmittel durch zweckmäßige Kredit-Anstalten wird das Übrige thun.

Die Zeiten haben sich geändert und mit ihr die Physiognomie unseres Landes! Die meisten großen und mittleren Güter sind herrlich ausgebaut und machen im Verein mit den angelegten Parken und Gärten einen wirklich wohlthuenden Eindruck. Mit wahrer Freude erblickt man das schöne und gut lebende Inventarium: Pferde, Rindvieh, Schweine und Schafe von edler und edelster Race in Stallungen und Feldern, und man erstaunt über die Masse eingeführter und in Anwendung kommender Wirthschaftsgeräthe und landwirthschaftlicher Maschinen. In dieser Beziehung stehen unsere Gutsherren keiner Gegend nach, ja man könnte behaupten, daß sie darin vielen anderen Provinzen rühmlich vorauschreiten. Auch den ländlichen Handarbeitern ist ein besseres Loos beschieden worden. Sie wohnen jetzt menschlich, werden menschlich behandelt und ausreichend gelohnt. Die Prügel früherer Zeiten sind verschwunden! Und wie sehen nun erst die Bauernhöfe gegen früher aus? An die Stelle dürftiger Lehmhütten oder Bretterbuden sind stattliche Wohnhäuser, die oft selbst einigen Comfort des Lebens bieten, getreten. Die Wirthschaftsgebäude sind größtentheils neu und zweckmäßig erbaut und werden von einem Gärtchen umgeben. Natürlich sind diese Gärten gewöhnlich nur die ersten Anfänge, welche der Vergrößerung und Verbesserung noch sehr bedürfen. Wenn man aber erwägt, daß in früheren Zeiten der Bauer den Gartenbau kaum beachtete, und daß ihm zum Obstbau keine Liebe eingeprägt wurde, so erscheinen schon diese ersten Anfänge im Garten- und Obstbau sehr wichtig.

Auch die Landstädte haben sich in Gebäulichkeiten und in Ausübung eines verbesserten Handwerks gehoben, nur schreiten sie in Bezug auf Feldwirthschaft weniger muthig vor, als die Bauern.

Alles dies Gute verdanken wir den Folgen einer weisen Gesetzgebung. Auch haben die Vermehrung der Verkehrsmittel, der Eisenbahnen, Kunst- und Wasserstraßen, so wie der Eingang eines starken deutschen Elements in unser Land und die damit eingedrungenen bessern Ansichten und Beispiele, endlich die durch die vergrößerten und verbesserten Schulanstalten ganz veränderte Bildungsstufe unserer Bewohner dazu wesentlich beigetragen.

Aber einen Hebel können wir dabei nicht vergessen: es sind die landwirthschaftlichen Vereine, deren segensreiche Wirkung immer mehr hervortritt. Nachdem schon seit 1846 bei uns verschiedene landwirthschaftliche Vereine bestanden hatten, traten diese im Jahre 1852 zusammen und gründeten den landwirthschaftlichen Centralverein für den Netzdistrikt zu Bromberg, welcher vom Ministerium für die landwirthschaftlichen Vereine bestätigt wurde. Durch ihn ist der Sinn für Verbesserung in allen Rubriken der Landwirthschaft bei uns neu geschaffen. Die Belehrungen der gegenseitigen Unterhaltung waren fruchtbar, die Ausstellungen waren überzeugend. Beide hatten Einführung jeglicher Verbesserung besonders in Feld und Wiese zur Folge, sie waren Ursache von Ankauf und Verbreitung guter Vieh-racen, Geräthen und Maschinen und waren der erste Anstoß zur Gründung verschiedener mit der Landwirthschaft correspondirender Fabriken. Was in dieser Hinsicht in kurzer Zeit Alles durch den Centralverein angeregt und ausgeführt ist, geht ins Unglaubliche. Die Ausstellungen waren es besonders, welche eine allgemeine Reform vorbereiteten und ausführten.

Denn der Zweck jeder Ausstellung ist, in der größten Mannigfaltigkeit darzulegen, was in Beziehung auf Haus- und Landwirthschaft durch menschliche Thätigkeit nur irgend Außerordentliches, Nützliches und Schönes producirt wird. Die Säle der Akademien füllen sich mit den Erzeugnissen der Kunst und der gewerblichen Industrie und geben dadurch die bestmögliche Gelegenheit, an den vorhandenen Mustern das Studium zu erweitern und so auf der Bahn der Vervollkommnung immer mehr fortzuschreiten. Was in Gebiete der Kunst und des industriellen Strebens bereits so außerordentliche Erfolge gewährt hat, verbürgt in dem nicht minder weiten Felde des Landbaues gewiß ebenso bedeutsame Resultate. Daher gehört es unstreitig mit zu den wesentlichsten Bestimmungen der Vereine, Ausstellungen von Erzeugnissen aller Zweige des Landbaues zu veranlassen und in immer größerem Maßstabe und in umfangreicher Vielseitigkeit zu begründen. Nur die vereinten Kräfte aller Zweigvereine und in diesen wiederum aller Mitglieder gewähren die Mittel eines lebendigen Austausches der gegenseitigen Erfahrungen. Ausstellungen bieten durch das Zusammenbringen des Ähnlichen in den verschiedenen Zweigen der Landwirthschaft Gelegenheit dar, durch Ausmittelung und Prüfung Ansichten zu berichtigen und Irrthümern vorzubeugen, das Interesse zu steigern und neue Erfahrungen zu sammeln, die vorzüglichsten Eigenschaften der Thiere, Pflanzen und Methoden durch Vergleichung herauszufinden und die Mittel festzustellen, durch deren Anwendung es möglich ist, diese Eigenschaften weiter auszubilden und so die bedeutsamsten Vortheile zu erzielen. Zur Ausstellung eignen sich alle Gegenstände des Thier- und Pflanzenreiches, insofern sie dem Landwirthe ein Interesse darbieten; ferner Ackergeräthe, Maschinen, Modelle, landwirthschaftliche Schriften, kurz Alles was das Feld der Landwirthschaft berührt. Es kommt dabei nicht sowohl darauf an, vorzügliche und nützliche Thiere, Gewächse, Ackergeräthe ec., als vielmehr auch solche Gegenstände zu berücksichtigen, die in irgend einer Art als verderblich für Ackerbau und Viehzucht oder als Mißbildungen gelten. In diesem Betracht wird das vollkommenste Thier mit dem verkrüppelten, die nützliche Pflanze mit der schädlichsten, der gute Pflug mit dem minder brauchbaren, ja selbst schlechten Pflug, als auffallende Gegensätze, die Aufmerksamkeit denkender Beschauer fesseln. Woll- und Getreide-Proben, Fabrikate, ja sogar Abbildungen werden ebenfalls ein belehrender Beitrag zur Ausstellung sein, durch die Anschauung Veranlassung zum wohlthätigen Austausch der Ansichten und Meinungen und zur gegenseitigen Belehrung geben und dadurch den Zweck einer Ausstellung erfüllen helfen.

Die Wahl eines Präsidenten für den landwirthschaftlichen Central-Verein zu Bromberg fiel bei der Errichtung dieses Vereins auf den Königlichen Regierungs-Präsidenten Freiherrn

Julius von Schleinitz. Sein Andenken wird bei allen Denen, die diesen edlen Mann gekannt haben, unvergeßlich bleiben. Als er 1864 nach Trier schied, wo er als Regierungs-Präsident fungirte und 1865 verstarb, überreichte ihm der Central-Verein einen kunstvoll gearbeiteten silbernen Tafelaufsatz nebst einem überaus schönen Diplom als Ehrenmitglied. Seinem Scheiden wurde ein ehrenvoller, die Verdienste dieses seltenen Mannes schildernder Nachruf gewidmet.

Jetzt ist die Leitung des Central-Vereins in den geschickten Händen ihres neuen Präsidenten, des Rittergutsbesitzers von Saenger-Grabowo, welcher sich in jeder Beziehung um die Interessen des Vereins außerordentlich verdient gemacht hat.

Aus Brombergs alter und neuer Zeit.

Bromberg hat keine selbstständige Geschichte. Jahrhunderte lang unbedeutend und während des kurzen Zeitraums, in welchem es nach einzelnen Angaben bedeutend gewesen sein soll, auch nur als Handelsstadt von einiger Wichtigkeit, hat es in keiner Weise bestimmend in die Angelegenheiten des einst mächtigen Polens eingegriffen. Es fehlten der Stadt auch viele von den Bedingungen, unter welchen eine geschichtliche Bedeutung möglich ist. Bromberg ist, um eine selbstständige Geschichte zu haben, eine viel zu junge Stadt. Wenn wir von dem schon erwähnten Zeitraum seiner kurzen Blüthe als Handelsstadt im sechszehnten Jahrhundert absehen, hat Bromberg seine Bedeutung erst durch seine Aufnahme in die preußische Monarchie erhalten. Ganz besonders war, wie früher dargestellt ist, die Verbindung mit dem Westen durch den Kanal von der folgenreichsten Wichtigkeit. Und diese Verbindung ist noch keine hundert Jahre alt. Was vor der Besitznahme unserer Provinz durch Friedrich den Großen über Bromberg als Festung berichtet wird, ist so wenig bestimmt und aller characteristischen Züge so bar, daß sich daraus ein Bild des Lebens und Treibens in der Stadt zu jener Zeit nicht gewinnen läßt. Brombergs Geschichte verschwimmt in der großen Flut der allgemeinen Geschichte des Landes, und wenige unklare Umrisse bezeichnen seine Existenz. Es werden Belagerungen und Eroberungen, Pest und Hungersnoth, Brände und Zerstörungen von Bromberg gemeldet, doch theilt es diese Schläge mit den anderen Städten des Distriktes, und seine Eroberung oder Vertheidigung, sein Besitz oder Fall hat niemals einen Kampf entschieden. Brombergs Vergangenheit hat so zu sagen etwas Geschichtsloses. Wir Bromberger können nicht an den Erinnerungen einer großen Vergangenheit unserer Vaterstadt zehren, wollen wir etwas gelten, so muß dazu uns die Gegenwart und Zukunft verhelfen. Und auf diese können wir allerdings mit einigem Vertrauen blicken. Weil Brombergs Vergangenheit so wenig bietet, was, selbst für Bromberger, anziehend ist, so ist es ohne Gefahr, langweilig zu werden, nicht möglich, in diesen Blättern einen vollständigen Abriß der Geschichte Brombergs zu geben. Wer sich für die wenig anregende Geschichte der verschiedenen Belagerungen, Brände und sonstigen Unglücksfälle Brombergs interessirt, findet eine allerdings trockene, aber fleißige Zusammenstellung der bezüglichen Nachrichten in dem Buche von Ludwig Kühnast „Historische Nachrichten über die Stadt Bromberg" und in dem „Städtebuch des Landes Polen" von Heinrich Wuttke. Beiden liegt als Hauptquelle die im Jahre 1602 angelegte und mit dem Jahre 1480 beginnende Chronik des hiesigen Bernhardiner Klosters zu Grunde, die 1667 abgeschrieben und seit dieser Zeit von etwa dreißig verschiedenen Händen fortgeführt ist. Naturgemäß haben die Mönche in erster Linie das in die Chronik aufgenommen, was sich auf ihr Kloster bezog, und nur nebenher auch andere Begebenheiten aufgezählt. Daher rührt die große Dürftigkeit ihrer Angaben, die den Forscher mit wortreichen Klosterprivilegien und Klostersagen unterhalten, ihn aber in den meisten Fällen, wo es auf bestimmte geschichtliche Fakta ankommt, im Stiche lassen. In anderen Schriften, namentlich der polnischen Geschichte, wird Bromberg nur selten erwähnt; mehr giebt Puffendorf in seiner Vita Caroli Gustavi, die aber dem Verfasser dieser Abhandlung leider nicht zu Gebote stand. Er mußte sich daher begnügen, einzelne Züge aus der Vergangenheit Brombergs den erwähnten Büchern zu entnehmen, welche aus früheren Jahrgängen der Bromberger Zeitung hin und wieder vervollständigt werden konnten.

Wo das alte Bromberg, das seinen Namen dem schiffbaren Flusse, an welchem es liegt, der Brahe, verdankt (noch im achtzehnten Jahrhundert heißt es Bramberg, wie auch der Fluß Brame genannt wird), lag und von wem oder wann es gegründet ist, kann, weil jegliche Angabe darüber fehlt, nicht ermittelt werden. Über seine frühere Lage giebt ein Bericht über die Belagerung und Zerstörung der Stadt durch die deutschen Ordensritter im Jahre 1409 in so fern einigen Aufschluß, als erwähnt wird, daß der Wald damals nah bis an das Kujawer Thor d. h. bis zum Anfang der jetzigen Friedrichsstraße reichte. Ob aber das Schloß, dessen Ruinen noch heute auf dem Inderniedereiplatze zu sehen sind, um die Mitte des eilften Jahrhunderts von Kasimir dem Ersten zum Schutze gegen räuberische Einfälle feindlicher Nachbarstämme in das getreidereiche Kujawerland, oder vom Herzog Lesko dem Weißen und seinem Bruder Konrad, dem Herzoge von Kujawien und Masowien, im Jahre 1200, oder endlich von den Ordensrittern, welchen die Stadt in den Jahren 1331 bis 1343 gehörte, erbant wurde, ist unsicher. Das Letztere hat man angenommen, weil man in Polen Burgen mit Ringmauern und Gräben, wie sie die unsrige augenscheinlich besaß, nicht findet. Die Burgruine, die jetzt mitten in einem schönen Garten liegt, ist eins der wenigen Denkmale, die Bromberg aus seiner frühesten Vergangenheit besitzt. Die Burg, von der sie zeugt, gab wahrscheinlich Veranlassung zur Gründung der Stadt, denn es pflegten ja neue Niederlassungen vornehmlich am Fuße fester Burgen, von denen sie Schutz erwarten durften, gegründet zu werden. Die Sage, welche auch unsere Burgruine mit ihren Gestalten belebte, theilen wir in der dichterischen Form mit, in die sie ein Bromberger gebracht hat.

Die Morgenröthe zittert um Brombergs Grafenschloß,
Da zieht heran ein Ritter mit mächt'gem Knappentroß,
Er will im Kampf erringen des Sieges höchsten Preis,
Die schöne Grafentochter, die ihn geliebt so heiß.
Bald fällt des Schlosses Brücke, geöffnet ist das Thor,
D'raus stürzt mit seinen Knappen der alte Graf hervor.
Bald haben sich die Schaaren zum blut'gen Kampf vereint
Und Dampf und Staubeswirbel verhüllen Freund und Feind.
Nur Schild und Panzer blinken im hellen Sonnenstrahl,
Der glänzet manchem Tapfern wohl heut zum letzten Mal.
Doch heiß und immer heißer entbrennt der Kämpfer Wuth,
Gar viele sind gefallen und wälzen sich im Blut. —
Schon sinkt die Sonne nieder, das Dunkel steigt herauf,
Da eilt vom Schloß ein Knappe zum Feind im schnellen Lauf,
Mit Schwert und blankem Helme, der sein Gesicht bedeckt,
Kämpft an des Ritters Seite, hat manchen hingestreckt.
Jetzt dringen neue Schaaren mit letzter Kraft heran;
Der Graf kämpft mit dem Ritter im Zweikampf Mann an Mann,
Und zum gewalt'gen Streiche erhebt der Graf die Hand,
Da streckt ein Schlag des Knappen ihn nieder in den Sand.
Wie nun auf blut'gem Felde der Graf erschlagen liegt,
Verstummt der Klang der Waffen, — der Ritter hat gesiegt.
Er wendet sich zum Knappen, der vor sich niederschaut,
Der ihn vom Tod gerettet, erringen half die Braut.
„Du unbekannter Knappe, Du Helfer in der Noth,
Du hast mich heut' gerettet von Schmach und jähem Tod;
Nun zeige mir dein Antlitz und nehme meinen Dank,
Dann holen wir mein Liebchen, das ich im Kampf errang."
Da fliegt der Helm herunter, der Knappe starrt ihn an;
Entsetzen packt und Grausen den bleichen Rittersmann.
Er stürmet schnell von dannen mit seinem Knappentroß;
Der Knappe wankt gespenstig zurück ins Grafenschloß. —
Viel hundert Jahr in Trümmern liegt schon das Grafenhaus,
Es wachsen Bäum' und Büsche aus dem Gestein heraus;
Doch fliehn noch jetzt die Leute den schauerlichen Ort,
Denn innen treiben Geister ihr böses Wesen fort.
Stets um die zwölfte Stunde sieht man ein Angesicht,
Das schaut aus dem Gemäuer so bleich und regt sich nicht:

Das ist die Grafentochter, sie büßt den ew'gen Fluch,
Weil sie den greisen Vater mit frecher Hand erschlug.

So weit die Sage. Von der frühesten Zeit an, wo geschichtliche Kunde über Bromberg zu uns dringt, bildete unsere Stadt den Zankapfel zwischen den polnischen und pommerschen Herzögen. Ähnlich wie Nakel lag sie auf der Grenze zwischen Kujawien und Pommern, und die streitbaren Herren von Pommern, die beute- und eroberungslustig unsere Gegend mit immer neuen Kriegszügen heimsuchten, wie wir an dem Beispiele von Nakel gesehen haben, belagerten, eroberten und verloren mehr als einmal auch Bromberg. Daß dabei die den Angriffen besonders ausgesetzte Stadt am Fuße der Burg nicht sonderlich gedeihen konnte, leuchtet ein. Als die Einfälle der Pommern aufhörten, kamen die Kriege zwischen den Polen und dem deutschen Orden zum Ausbruch, welche dann ebenfalls für Bromberg von verderblichen Folgen waren. Im Jahre 1329 fiel ein Theil des Ordensheeres in Kujawien ein, eroberte eine Stadt nach der anderen, unter diesen auch Bromberg, gab dasselbe aber in einem Waffenstillstande wieder heraus. Als nach Ablauf desselben der Krieg von Neuem entbrannte, eroberten die Ordensritter es wieder ohne Schwierigkeit im Jahre 1331 und behielten es nun bis zum Friedensschlusse von Kalisch 1343. In diese Jahre fällt vermuthlich entweder die Erbauung jener Burg, deren Ruinen heute noch übrig sind, oder wenigstens die Erneuerung und größere Befestigung der früher angelegten.

Mit dem Jahre 1346 beginnt für Bromberg eine neue Epoche. In dem letzten Kriege war die Ortschaft auf der Ebene zu Grunde gegangen, die Häuser waren zerfallen, nur die Kirche und Schule bestand noch. Aber der König Kasimir der Dritte, der von 1333 bis 1370 regierte, gedachte an Stelle des alten untergegangenen Bromberg eine neue Stadt zu gründen, die den Namen Königsburg führen sollte. Er übergab deshalb den wüsten Platz am Fuße der nicht zerstörten Burg zweien Deutschen, dem Johann Kieselhuth und Konrad, am 19. April 1346, damit sie daselbst eine Stadt nach deutschem d. h. magdeburgischem Recht gründeten. Das Gründungsprivilegium, in lateinischer Sprache abgefaßt, ist erhalten. Es bestellt die beiden Gründer der Stadt als Erbrichter (Advokaten) derselben und gewährt jedem eine Hufe Landes und ein Grundstück in der Stadt steuerfrei. Die Stadt selbst, deren Weichbild der König bestimmte, erhielt zur Bestreitung ihrer Bedürfnisse 18 steuerfreie Hufen, ferner das Recht, Münzen zu schlagen und auf der Brahe Schifffahrt zu treiben, ohne daß der Burggraf sie hindern durfte. Bestimmungen und Satzungen für die Stadt durften die beiden Advokaten mit den Rathsherren treffen, mußten jedoch dazu die Beistimmung des Burggrafen haben. Das Wesentlichste, was das magdeburgische Recht der Stadt verlieh, bestand darin, daß sie eigene Magistraturen für die Kommunalverwaltung, Civil-Gerichtsbarkeit und Kommunalbesitzungen hatte, von denen sie nur die allgemeinen königlichen Steuern zahlen brauchte. Ferner war sie von der Jurisdiction der königlichen Beamten eximirt, d. h. die Bürger empfingen in Civil-Streitigkeiten vom Rathe und den dazu ernannten Schöffen, in Criminalsachen von den

Erbrichtern (Advokaten) ihr Urtheil. Dem Gerichte des Königs unterlagen die Advokaten und Bürger Brombergs nur in dem Falle, wenn sie mit dem königlichen Siegel vorgeladen wurden, und auch dann mußten ihre Angelegenheiten nach deutschem Privatrechte abgeurtheilt werden. In wichtigeren Sachen stand den Bürgern auch eine Berufung an den Burggrafen offen, der jedoch ebenfalls an deutsches Recht gebunden war. Der Unterschied einer Stadt nach deutschem und einer nach polnischem Rechte war ein tief eingreifender. Die letzteren Städte hatten keine anderen Magistrate als die Burggrafen. Sie durften keine Kommunal-Besitzungen haben und keine Privilegien erwerben, wie z. B. Bromberg das Münzrecht hatte, endlich hatten sie keine bürgerlichen Lasten zu tragen, sondern waren zu den drückenden bäuerlichen Leistungen verpflichtet. An Abgaben und Leistungen wurden der Stadt Bromberg durch das Gründungsprivilegium auferlegt, in Kriegszeiten einen Geharnischten und einen Leichtbewaffneten zu stellen; ferner mußte jeder Bürger von der Hufe drei Groschen jährlich steuern, wovon ein Drittel der König, ein Drittel die Advokaten und das letzte Drittel die Rathsherren erhielten. Von anderweitigen Erträgen, wie der Verkaufsstätten, der Badestuben u. ä. behielt sich ein Drittel der König vor, die beiden übrigen kamen den Advokaten und der Stadt zu Gute. Von den Gerichtseinnahmen mußten die Advokaten zwei Drittel dem Könige abgeben, von dem Ertrage der Mühlen, die sie anlegen durften, ein Drittel. Den Gewinn aus der Münze nahm der König ganz in Anspruch. Das sind die Grundzüge der Verfassung Brombergs, wie sie in der Gründungsurkunde vom Jahre 1346 niedergelegt sind, wohl geeignet, der Stadt zu rascher Blüthe zu verhelfen, wenn nicht äußere Umstände hemmenden Einfluß üben.

Der Name Königsburg, welchen die neue Stadt nach der Absicht des Königs Kasimir führen sollte, kam nicht in Aufnahme. Alle gleichzeitigen Historiker kennen nur den polnischen, früher einzigen Namen Bidgost in seinen verschiedenen Formen, als Bydgost, Bydgoso, Bydgoszcz u. a., wozu dann seit Ende des vierzehnten Jahrhunderts der jetzige Name Bromberg in etwas abweichender Form tritt. In einer deutschen Urkunde, welche von pommerschen Herzögen am 10. Juli 1386 ausgestellt ist, findet sich, wie Wuttke angemerkt hat, folgende Stelle: „Das Land zu Broberg" und „uff allen czollen in den vorbenampten Landen Dobrin und Broburg", und in einer lateinischen Urkunde vom Jahre 1390 lesen wir: civitatem et castrum Bromberg und terre Brombergensis, hier also schon die heutige Form. Kühnast giebt daher irrthümlich an, daß der Name Bromberg urkundlich erst in einer deutschen Urkunde des Jahres 1402 vorkomme.

Die neue Stadt blühte rasch empor. „Allein im Handel, heißt es in der Gründungs-Urkunde, hat die Stadt Bromberg ihr Fundament". Als Handelsartikel gingen Korn, Hanf, Leinwand, Wolle, Leder, Holz, Wachs die Weichsel herauf und herab, und namentlich viel kujavisches Getreide führte Bromberg nach Danzig aus. Drei Jahrmärkte wurden alljährlich in Bromberg abgehalten, die den Handel mit der Umgegend besonders begünstigten, Wochenmarkt war jeden Sonnabend. Auch Bromberger und Schulitzer Schiffswerften werden erwähnt, und im Jahre 1370 wurde die Stadt Polnisch Krone von ihrem Abte angewiesen, sich bei den Bromberger Rathsherren Rechtsbelehrung zu holen. Es wuchs die Stadt schnell, und manche westpreußischen Städte, besonders Thorn, fühlten sich in ihren Handelsinteressen durch Bromberg beeinträchtigt. So wurde die Stadt dem deutschen Orden bald verhaßt und sie hat es hart genug büßen müssen. Als nämlich im Sommer 1409 der große und blutige Krieg zwischen dem Orden und Polen entbrannte, der erst durch den Frieden zu Thorn, in welchem der Orden Westpreußen an Polen abtrat, im Jahre 1466 beendigt wurde, rückten Heinrich von Schwelborn und Gamerad von Pinzenau, nachdem sie die ganze Umgegend verheert hatten, mit einem Theile des Ordensheeres vor Bromberg und suchten die Burg zu erstürmen. Ihr Angriff wurde abgeschlagen und es gelang ihnen nur durch Verrath, dieselbe zu nehmen. Nachdem der König von Polen, Wladyslaw, hiervon Kunde erhalten hatte, rückte er in Eilmärschen heran, zog einen Belagerungswall um die Stadt und beschoß dieselbe mit schwerem Geschütz. Der Befehlshaber im Schlosse wurde getödtet, die Belagerten aufs Härteste bedrängt. Die von den Rittern angebotene Übergabe des Schlosses wurde vom Könige abgelehnt, wenn der Orden nicht auch auf das Dobriner Land und dessen Burgen verzichten wolle. Da der Hochmeister hierauf nicht eingehen wollte, unternahm Wladyslaw am achten Tage der Belagerung einen großen Sturm und die Burg kam in seine Gewalt. Die Stadt war aber zerstört und somit hatten die Ordensritter wenigstens in sofern ihren Zweck erreicht, als sie den Handel Brombergs vernichtet hatten. Noch mehrmals tobte der Kampf um die Burg, und nur zeitweise konnte sich die Stadt erholen. Dann verlor sie im Jahre 1441 ihre Unmittelbarkeit, indem der König Burg und Stadt seinem Getreuen Nikolaus Skiborze von Scharlen zwar unter der Bedingung überließ, daß seine Erben die Stadt gegen eine gewisse Summe zurückhalten sollten, allein noch achtzig Jahre später war die Stadt im Besitze der Herren von Koscyelecz. Wann die Stadt an die Krone zurückfiel, erfahren wir nicht.

Von den Bauwerken der Stadt, die in dieser Zeit errichtet wurden, sind nur noch von einigen Kirchen und Klöstern Theile übrig. Eine Kirche, die heute noch steht, reicht allerdings weit über diese Zeit hinaus, es ist die kleine Kirche, welche links von der schmalen Straße, die zum Seminar und zur Garnisonkirche führt, liegt. Dieses kleine, unansehnliche Kirchlein, jetzt leer und verfallen, ist vielleicht, mit Ausnahme der Burgruine, das älteste Bauwerk Brombergs. Schon um die Mitte des zwölften Jahrhunderts wird sie nebst einer Brücke über die Brahe erwähnt und hieß damals Ägidien-Kirche. Merkwürdigerweise überstand dieses Kirchlein alle die vielen Belagerungen und Beschießungen, welche Bromberg erfuhr, und ging auch aus allen Bränden unversehrt hervor. Sie ist das einzige Bauwerk, welches die zerstörende Hand der Ordensritter übrig ließ, wenigstens wird ihrer allein in der vom König Kasimir ausgestellten Gründungsurkude gedacht.

Um das Jahr 1400 kam zu dieser Kirche ein Kloster, welches Karmeliter-Mönche auf dem linken Ufer der Brahe gründeten. Auch dieses Gebäude ist heute noch in seinen wesentlichen Theilen übrig, der Thurm allerdings neu abgeputzt und mit einer Uhr versehen. In den früheren Klosterräumen befindet sich jetzt die städtische Mädchenschule, und wo heute das Stadttheater steht, stand früher die zum Kloster gehörige Karmeliter-Kirche. Im Jahre 1425 ließen sich auch Bernhardiner-Mönche in Bromberg nieder und bauten ihr Kloster und ihre Kirche neben der Aegidien-Kirche außerhalb der Stadtmauern in dem früheren Schloßgarten. Die Mittel zu dem Bau wurden aus freiwilligen Gaben zusammengebracht, für welche in dem Fundations-Privilegium ein vierzigtägiger Ablaß versprochen ist; bis nach Danzig hin wurde gesammelt und die Gaben flossen so reichlich, daß in fünf Jahren die Klostergebäude fertig waren.

An die Gründung des Bernhardinerklosters knüpft sich folgende Sage: Im Anfange des fünfzehnten Jahrhunderts lebte in Bromberg ein frommer Bürger, Namens Mysto, seines Gewerbes ein Schuster, der häufig die einsamsten Theile der Wälder, welche die Stadt rings umgaben, unter andächtigen Betrachtungen durchstrich und an vielen Stellen Kreuze errichtete. Am häufigsten besuchte er eine nahe bei der Stadt belegene dichte sumpfige Wildniß, wo er, umgeben von großen Schaaren von Vipern, wovon es dort wimmelte, am liebsten sich erging und seine Andacht verrichtete, zumal ihm hier, wie er versicherte, manche Weissagungen durch den Umgang mit Geistern kund wurden. So verkündigte er dann auch oft mit prophetischem Geiste, daß auch an diesem wüsten und verrufenen Orte in kurzer Frist der Heiland werde höchst andächtig verehrt, daß er hier wie nirgend anders bei Bromberg werde verherrlicht, und die Schande, die jetzt diesen Ort beflecke, werde ausgetilgt werden.

Alle, die solches vernahmen, verhöhnten ihn, und hielten ihn für närrisch oder wahnsinnig; denn in der That war jene von den Straßen abgelegene Wildniß ein Schlupfwinkel der gemeinsten Laster und Unflätchereien, die zu erzählen der Chronist Bedenken trägt. Dennoch bewährte sich die Weissagung des frommen Mannes, und wie einst Jerusalems Tempel, befleckt von heidnischen Greueln, nachmals dem Dienste des wahren Gottes geweiht ward, so wurde auch dieser verrufene Ort bald ein Zufluchtsort der Gottseligkeit und eine Zier des göttlichen Dienstes. Es hatten sich nämlich im Jahre 1425 die Bernhardiner auch in Bromberg niedergelassen, und mit Genehmigung des Königs Kasimir des Dritten wurde ihnen im Jahre 1480 zur Erbauung eines Klosters der Ort, „wo zeither bis jetzt der Garten des Schlosses war, vor der gedachten Stadt Bromberg bei der St. Aegidienkirche, gemeinhin Obora genannt", verliehen. Schon fünf Jahre danach waren die Klostergebäude fertig, und die frommen Brüder erhoben sich bald zu solchem Reichthum, daß sie in nicht gar langer Zeit die Eifersucht der Stadt und die Habsucht der königlichen Statthalter erregten. — Das Kloster war aber an jener Stelle erbaut, die der Schuster Mysto bezeichnet hatte.

So erzählt der fromme Bernhardiner-Chronist. Bei dem Kloster befand sich ein sogenanntes Collegium philosophicum, eine Schulanstalt für Priester, und später kam sogar eine Sternwarte hinzu. Die Bernhardiner-Mönche genossen manche Steuerfreiheit, so brauchten sie z. B. kein Zapfengeld zu bezahlen, eine Steuer, der sonst alle Städte und Klöster, welche eigenes Bier brauten, unterlagen. Und eine Brauerei besaßen die Bernhardiner-Mönche schon gegen Ende des funfzehnten Jahrhunderts. Ihr verdanken sie vielleicht den berühmtesten Sänger, den Bromberg erzeugt hat. Der Pater Dionysius Bythgostianus nämlich, der Guardian des Klosters gewesen war, und im Jahre 1590 in hohem Alter starb, hatte eine so mächtige Baßstimme, daß, wie der Chronist sagt, er allein zu singen schien, auch wenn hundert Brüder mit ihm sangen. Oft sang er so kräftig, daß der Fußboden erbebte, und damit dieser Bericht nicht etwa für übertrieben gehalten werde, führt der Chronist das Zeugniß dreier Brüder an. Als Dionysius einst in Krakau eine Passage des Responsoriums mit ganzer Stimme sang, liefen die Meßpriester eiligst aus der Kirche, weil sie nicht anders dachten, als die Decke müsse einstürzen.

Wann zu den Karmeliter- und Bernhardiner-Mönchen auch Jesuiten nach Bromberg gekommen sind, läßt sich nicht ermitteln. Sie erscheinen gegen Ende des sechszehnten Jahrhunderts zuerst in den Todtenlisten. Man rühmte sie als tüchtige Kanzelredner, und ihre Predigten in der inzwischen erbauten Pfarrkirche (dem jetzigen Gymnasium gegenüber) waren sehr besucht. Auch steht nicht fest, in welchem Jahre sie die Conventsgebäude, die im Jahre 1817 dem Gymnasium eingeräumt wurden, errichtet haben. Von den anderen Klöstern und Kirchen, die Bromberg in jener Zeit noch besaß, wie der Nonnenkirche, der Dreifaltigkeitskirche u. a. fehlen ebenfalls bestimmte Angaben.

Das sechzehnte Jahrhundert war für Bromberg im Wesentlichen eine Zeit der friedlichen Entwicklung. Handel und Gewerbe nahmen einen ziemlich bedeutenden Aufschwung und die Stadt selbst wurde nach dem großen Brande, der sie 1511 oder 1512 traf, fast ganz neu erbaut. Auch wurde sie mit einer Stadtmauer umgeben, deren Spuren ja noch heute übrig sind. Die Danziger Vorstadt wird zuerst am Anfange des sechszehnten Jahrhunderts in der Chronik erwähnt, von umliegenden Ortschaften kommen am frühesten Bartelsee (Barttodzeje), Czersk (Sieroko) und Okolo vor.

Doch gleich der Anfang des siebzehnten Jahrhunderts ließ sich bös an, denn das Jahr 1602 brachte einen, damals allerdings in Bromberg nicht seltenen Gast in die Stadt, die Pest. Und wie der Anfang des Jahrhunderts, so war auch Fortsetzung und Ende desselben für Bromberg unheilvoll. Von jetzt bis zur Besitznahme unseres Distriktes durch Friedrich den Großen blieb Bromberg in stetigem Fallen, und aus einer der bedeutendsten Handelsstädte Polens, für welche es noch im Jahre 1606 galt, sank es zu einem Flecken von kaum 800 Einwohnern herab. Ungern verweilt unser Blick bei dieser traurigsten Zeit unserer Vaterstadt. Durch die oft wiederkehrende Pest war Sittlichkeit und Moral gelockert. Der gemeine Mann, der jede Stunde den Tod fürchtete, gab sich rücksichtslos allen Genüssen hin, die die beständige Todesangst zu bannen vermochten, und allgemeine Erschlaffung und Apathie waren nothwendige Folgen. Die Zeiten der Schwedenkriege rückten heran.

Fünfmal sah Bromberg während eines Zeitraums von ungefähr 70 Jahren diese fremden Gäste, die, mit Ausnahme der ersten Erstürmung im Jahre 1629, bei welcher Stadt und Burg tapfer vertheidigt wurden, fast ohne Widerstand zu finden, in Bromberg eindrangen. Bei ihrer zweiten und dritten Anwesenheit in den Jahren 1656 und 1657 war das Schloß in Trümmer gesunken, 35 Häuser gänzlich niedergebrannt, 103 ihrer Einwohner beraubt und nur 94 noch bewohnt. Die Güter der Stadt, besonders Beelitz, Lochowo, Grostwo waren verheert, der Kommune also alle Mittel entzogen, sich selbstständig der traurigen Lage wieder zu entreißen. Äußere Umstände kamen der Stadt nicht fördernd zu Hülfe, im Gegentheil, sie drückten sie nur immer mehr herab. Immer neue Durchzüge verwilderter Truppenmassen, wallensteinsche, russische, schwedische Corps, sogen Stadt und Umgegend furchtbar aus und führten die schreckliche Geißel der Pest immer wieder in die unglückliche Stadt. Große Schaaren von Einwohnern verließen dieselbe, die Bernhardiner-Mönche waren aus dem Kloster fortgezogen, Schule wurde in der Wildniß am Peleziner See gehalten, viele Mönche flohen nach Kujawien, in der Stadt gab es am Anfange des achtzehnten Jahrhunderts kaum 40 bewohnte oder bewohnbare Häuser. Von solchen Schlägen vermochte die Stadt auch während des achtzehnten Jahrhunderts unter der immer anarchischer werdenden Polenherrschaft sich nicht zu erholen, und als mit dem Jahre 1773 die ersten preußischen Beamten nach Bromberg kamen, fanden sie ein Bild der Verwüstung, wie es eben nur in einem so langen Zeitraum ununterbrochener Unglücksfälle entstehen kann. Es mag, um ein Beispiel von dem Aussehen des damaligen Bromberg zu geben, genügen, anzuführen, daß in der Friedrichstraße im Jahre 1773 nur hin und wieder ein Haus, in der Gegend der Pfarrkirche aber, außer dem Jesuitencollegium, gradezu nur ein einziges Haus stand und daß die Ecke, wo jetzt die Apotheke zum schwarzen Adler ist, ein großer Sumpf war.

In den früheren Abschnitten ist ausführlich dargelegt worden, wie sich Friedrich der Große im Einzelnen angelegen sein ließ, den arg verwahrlosten Netzdistrikt auf eine höhere Kulturstufe zu bringen. Was der ganze Distrikt gewann, kam vor Allen Bromberg zu Gute, da dieses naturgemäß die Hauptstadt desselben bildete. Es braucht daher nicht wiederholt zu werden, welch wohlthätigen Einfluß die Anlage des Kanals, die Hebung der Landwirthschaft, die Meliorationen u. s. w. auf die Entwicklung Brombergs ausübte. Nur einzelne Züge, welche sich ganz speciell auf Bromberg beziehen und daher in den früheren Bildern keine Berücksichtigung fanden, mögen hier nachgetragen werden.

Gleich konnte Bromberg aus den Trümmern nicht neu erstehen, doch wurde rüstig am Wiederaufbau der Stadt gearbeitet. Über hundert massive Wohnhäuser ließ der König erbauen, indem er dazu Unterstützungen aus Staatsmitteln gewährte. Die ganze posener Straße wurde neu angelegt. Ein Theil der Straßen erhielt Pflaster. Bromberg wurde Sitz eines Hofgerichtes, der Kammerdeputation, der königlichen Kassen für den Netzdistrikt und eines Landgestütes. Besonders interessant ist es, die Entwicklung des Schulwesens in Bromberg zu verfolgen. Volksschulen gab es im Jahre 1773, wie im ganzen Netzdistrikt, so auch in Bromberg nicht. Nur eine Schule bestand in der Stadt in den Gebäuden des Jesuitencollegiums mit 3 Klassen, 3 Lehrern und wenigen Schülern, die aber in einem so verwahrlosten Zustande sich befand, daß sie von dem Ziele, das sie sich gesteckt hatte, Schüler bis zur Tertia auszubilden, weit zurückblieb. Das Jesuitencollegium war von jeher die Hauptschule in Bromberg, aber nicht die einzige gewesen. Auch die Schule des Bernhardinerklosters war nicht unbedeutend. Doch wurden in dieser Anstalt hauptsächlich Geistliche gebildet. Im Jahre 1699 hatte dieses sogenannte collegium theologicum et philosophicum unter vielen Lehrern der Theologie 2 Lectoren und 10 Studenten der Philosophie, im Jahre 1727 werden 16 studiosi rhetorices aufgeführt. Außer diesen beiden Klosterschulen bestand noch eine städtische Schule. Während der Unruhen der letzten Jahrhunderte hatten aber Lehrer und Schüler Bromberg verlassen und nur jene dürftige szkoła główna war übrig geblieben. Zu dieser erhielt Bromberg im Jahre 1785 die erste deutsche Volksschule mit 2 Klassen, einem evangelischen Rector und einem Lehrer, zu welcher der König aus Staatsfonds hatte 2 Häuser ankaufen lassen. Diese ging aber schon im Jahre 1808 ein und die beiden Häuser wurden von der sächsischen Regierung zur Militairwache benutzt. Indessen waren eine Menge von Privatschulen in's Leben getreten, 16 an der Zahl, von denen die drei am meisten besuchten 15, 11 und 10 Schüler hatten. Diese wurden von zwei Kandidaten der Theologie und einem jüdischen Lehrer gehalten. Wie beschaffen aber die anderen Schulen gewesen sein mögen, wird man aus den Personen schließen können, die ihnen vorstanden. Da waren Vorsteher zwei Schiffer, ein Schuhmacher, ein Schneider, ein Hautboist, eine Gutsbesitzerwittwe und eine Soldatenfrau. Die erwähnte szkoła główna hatte in der Zeit des Herzogthums Warschau zwar noch eine Elementarklasse und einen Lehrer mehr erhalten, allein auch im Jahre 1815 bildete sie ihre Schüler kaum bis zur Tertia eines Gymnasiums aus. Diese Schule wurde nun im Jahre 1817 in ein Gymnasium verwandelt, in welchem am 4. August desselben Jahres der Unterricht mit 70 Schülern in vier Klassen eröffnet wurde. Daß diese Anstalt einem wirklichen Bedürfnisse entsprach, lehrt die Zunahme der Schülerzahl. Schon zu Ostern 1818 konnte die Secunda und zu Michaelis 1819 die Prima eröffnet werden. Im zweiten Jahr seines Bestehens zählte das Gymnasium 130 Schüler, 1825 250, 1850 301, 1860 420 und 1866 566. Bald nach der Eröffnung des Gymnasiums wurde, noch im Jahre 1817, auch eine Elementar-Knabenschule mit vier Klassen und eine Mädchenschule mit einer Klasse gegründet, und ebenfalls in diese Zeit fällt die Eröffnung des Schullehrer-Seminars. Zu diesen Anstalten trat nun nach und nach eine große Zahl anderer Schulen, unter denen die am 12. Mai 1851 eröffnete Realschule den ersten Rang einnimmt. Sie begann den Unterricht in drei Klassen mit etwa 130 Schülern, erhielt aber schon zu Ostern 1852 eine Secunda und zu Michaelis 1853 eine Prima, wurde dann zu einer Realschule erster Ordnung erhoben und zählte im Jahre 1867 schon 666 Schüler. Außer diesen Hauptschulen befinden sich in Bromberg noch eine höhere und eine mittlere Töchterschule, vier vorstädtische

Elementarschulen, sämmtlich städtischen Patronats, und endlich eine sehr große Zahl von Privatschulen für Knaben und Mädchen. So haben sich die Bildungsanstalten vermehrt und mit ihnen die Bildung der Bürger. Tage der Aufregung und Unruhe haben Bromberg, auch nach der Wiederbegründung der preußischen Herrschaft in unserm Distrikt, nicht gefehlt, aber unbeirrt von den Ereignissen des Tages haben diese Anstalten in stiller, treuer Wirksamkeit die Keime der Bildung in die Kinder unserer Stadt gepflanzt und sie zur Wahrheit erzogen.

Es war ein stilles, beschauliches Leben, das der Bürger von Bromberg in den zwanziger Jahren dieses Jahrhunderts führte. Klein, wie noch die Stadt, war auch der Kreis der Anschauungen, die ihm geboten wurden. Theater, wissenschaftliche Vorlesungen, größere öffentliche Concerte gab es noch nicht, ebenso wenig eine Lokal-Zeitung, nach welcher das Bedürfniß sich erst zu Anfang der dreißiger Jahre herausstellte. Das Amtsblatt der königlichen Regierung, seit seiner Begründung im Jahre 1815 bis heute in derselben Buchdruckerei gedruckt, machte die Bewohner mit den nöthigen Verordnungen der Behörden bekannt, nahm Inserate auf und brachte auch wohl hin und wieder einen Aufsatz vom „korsischen Löwen". Für größere Politiker war „Tante Voß", die hie und da gehalten wurde, das Organ der Belehrung. In Privatkreisen wurde aber auch damals schon viel Musik getrieben, und vergebens suchen wir heute hier nach einem Streichquartett, wie es zu jener Zeit unter vier sehr musikalischen Freunden bestand.

Ein reizendes Genrebildchen aus dem kleinen Leben jener Zeit hat der Verfasser der „Bromberger Skizzen" gezeichnet, die wir vor wenigen Jahren in dem Feuilleton der Bromberger Zeitung lasen. Dieses Bildchen ist so reich an charakteristischen Zügen und athmet ein so frisches Leben, daß es wohl werth ist, es der Vergessenheit, die ihm die kurzlebige Tagespresse bald bereitet, zu entziehen. So möge denn ein Blättchen „aus dem Tagebuche eines Alten" hier Platz finden.

„Bromberg war vor vierzig Jahren weitaus das nicht, was es jetzt ist. Schlechte, fast unfahrbare Straßen führten nach den benachbarten Orten, der Verkehr auf ihnen war gering, Bromberg lag abseits von den großen Pulsadern des Verkehrs. Kleine gedrückte Häuser mit dunklem oder von der Zeit gedunkeltem Anstrich bildeten die Straßen, in denen es durchaus nicht so lebendig war, wie heute. Das Pflaster, aus kleinen runden Steinen bestehend, war so kunstvoll angelegt, daß man nur mit den ehrlichen, derben und weiten Stiefeln damaliger Zeit darauf gehen konnte, ohne empfindliche Schmerzen zu spüren. Wie es die Frauen und Fräulein zu Wege brachten, auf diesen Steinen zu gehen, besonders wenn sie durch Regen oder leichten Schnee schlüpfrig geworden waren, würde ein Räthsel bleiben, wenn ich hier nicht gleich hinzufügte, daß in der Mitte des Pflasters und auf beiden Seiten Reihen großer, ebenfalls in ihrer naturwüchsigen Gestalt erhaltener Granitsteine die Straßen hinabliefen. Da diese Steine von verschiedener Größe waren, so mußte man bald einen längeren, bald einen kürzeren Schritt machen; es war das kein langweiliges gleichmäßiges Schreiten, wie es unsere jetzt glatten Straßen und Trottoirs erzeugen, sondern ein fortwährendes Wiegen und Hüpfen, bei dem sich die Individualität eines Jeden zeigen konnte, das besonders bei dem weiblichen Geschlechte den Eindruck eines zierlichen Bachstelzen-Ganges hervorbrachte. Man mußte hübsch vor sich sehen, um nicht fehl zu treten und um den Begegnenden mit Grazie und ohne seiner Würde etwas zu vergeben auszuweichen. Wollte man damals eine Fensterparade machen, so war das keine so leichte und einfache Sache, wie heute, wo man dergleichen natürliche Hindernisse nicht mehr zu überwinden braucht. — Nun, für uns Kinder waren diese Straßen gerade so viel werth, wie macadamisirte. Wir spielten auf ihnen ganz ungestört und mit großem Lärm allerlei schöne Spiele, wie Greifsack, schwarzer Peter, Versteck, der Plumpsack geht herum und andere, ließen auch wohl am Sonntag Nachmittag, wo weit und breit keine Seele zu sehen war, in den Straßen, unmittelbar vor den Augen der hohen Polizeibehörde, einen kleinen Drachen steigen, ohne daß man uns verjagte, denn wir störten ja Niemanden. Dabei eigneten wir uns im freundschaftlichen Umgange mit Schusterjungen, Hausknechten und Kutschern den Bromberger Dialekt nach Aussprache und Formbildung an und trotz aller Ermahnungen und Verweise von Eltern und Lehrern hat meine Wenigkeit noch manches Eigenthümliche in der Sprache mit ins Greisenalter hinübergenommen. Wir Kinder kannten das Richtige ganz gut, aber wir verfielen, wenn wir unter uns waren, immer wieder in unsern Straßendialekt, ja mitunter entwischte uns eine absonderlich gebildete Form auch bei feierlichen Gelegenheiten. So entsinne ich mich, daß ein Commilitone von mir, den ich jetzt noch unter Brombergs Bürgern umher wandeln sehe, von unserm gestrengen Herrn Lehrer in der Stadtschule Hiebe bekommen sollte, weil er einen Gymnasiasten geprügelt hatte. Der Attentäter, heulend im Vorgefühl der Dinge, die da kommen sollten, wußte zu seiner Vertheidigung nichts zu sagen, als: „Ja, Herr Lehrer, wum (abgekürzt für warum) hat er mic geschumpfen?" Der Contrast dieser Ausdrucksweise mit dem Ernst der Lage des Armen, entlockte uns zitternden Cameraden unwillkürlich ein lautes Lachen, das aber durch den Gedanken an die kritische Lage, in die wir dadurch gerathen waren, augenblicks wieder verstummte. Doch auch des gestrengen Ludimagister, der eine Art von Humorist war, Züge verklärten sich zu einem freundlichen Lächeln, und der Angeklagte kam mit einigen erträglichen Kopfnüssen davon. Man sieht, daß es manchmal doch gut ist, wenn man falsch spricht.

Nun aber zurück zu unseren Spielen. Nicht immer beschränkten wir unsere lärmende Thätigkeit auf das Stadtgebiet; wir machten auch Ausflüge in Feld und Wald. Namentlich war der Wald an der Danziger Straße, der jetzt weit von der Stadt zurückgewichen ist, der Schauplatz unserer Thaten. Entweder spielten wir Sauball oder Ritter und Räuber, wobei wir uns die Lunge aus dem Halse liefen, uns rauften und windelweich schlugen und uns schließlich Feigheit, Grobheit und andere burschikose Tugenden vorwarfen. Doch dauerte der Zorn immer nicht lange. Cigarren rauchten wir damals noch nicht; entweder gab es in Bromberg noch keine, oder wir hatten wenigstens von ihrer Existenz noch keine Ahnung. Dafür liebten wir eine andere Art des Feuers. Wir trugen Reisig und trockenes Kraut zusammen und machten uns ein kleines Feuer an, bei dem wir die von den benachbarten Feldern gemausten Kartoffeln brieten. Bald jedoch sollten uns unsere Spielplätze im Walde verleidet werden. Ob wir den Kartoffelfeldern zu viel Leides angethan hatten oder was sonst für eine Veranlassung da war, kurz die Jugend von Klein-Pocianowo war mit der Nähe der städtischen Gäste durchaus nicht zufrieden und erklärte uns den Krieg. Da wir armen Sextaner und Quintaner gegen die schwieligen Fäuste der Dorfhelden nicht aufkommen konnten, so mußten wir manches Sturmkissel, manchen Stoß ungerächt hinnehmen, mußten es geschehen lassen, daß man uns unserer Stöcke und hölzernen Schwerter beraubte, und waren zufrieden, wenn wir aus diesen Schlachten unsere Mützen gerettet hatten. Dieser Verlust wäre uns empfindlicher gewesen, als der Verlust unserer militärischen Ehre es war; denn jener hätte noch manche bittere Folgen in Gestalt elterlicher Hiebe und Verweise nach sich gezogen, unsere Niederlage und Schande hatten wir nur allein gesehen, suchten uns also mit Racheplänen zu trösten, wir wollten warten, bis wir größer geworden wären, dann wollten wir den „verfluchtigen Bauerbengels" ihre „Gemeinheit" schon anstreichen.

Oft auch zog unser Häuflein nach den Bergen, die im Süden unsere Stadt begrenzen. Da war unser Hauptvergnügen, an den steilen, mit kurzem Grase bewachsenen Stellen hinunter zu rutschen, was unseren Kleidern und besonders unseren Stiefeln sehr gut bekam; letztere zeigten bald an den Spitzen die größte Offenherzigkeit, und die lieben Eltern konnten immer nicht begreifen, warum nicht die Sohlen, sondern gerade das Oberleder zuerst entzwei ging. — Oder wir suchten uns auch solche Stellen auf, wo ein Stück des Erdreichs abgerutscht war. Dort übten wir uns im Springen von der Höhe; wir konnten nicht Schaden nehmen, weil wir immer in den herrlichsten, weichsten Sand fielen. Das war eine Freude! Da ging uns die tiefe Wahrheit der Worte auf, die wir aus dem kleinen Canabich lernten: „Bromberg in einer sandigen Gegend u. s. w." Ja, da oben fanden wir Sand, sehr tiefen Sand und von allen Farben, man konnte fast drin schwimmen. Später, als ich an den Homer gekommen war, freute ich mich immer, wenn ich bei ihm las: „Das sandige Pylos", ich konnte mir nicht anders denken, als daß des Nestor hochgemute Söhne auch wohl oft diese Sandturnübungen durchgemacht hatten, und ich freute mich, in dieser Hinsicht ein Grieche zu sein.

Andere Zerstreuungen und Vergnügungen als solche, die wir uns durch unsere Spaziergänge und durch theils überlieferte, theils von uns erfundene Spiele selbst schufen, gab es für uns sehr wenige. Es war ein Ereigniß, wenn ein Bärenführer, ein Dromedar mit den obligaten Affen ihre Kunstproduktionen zeigten, oder wenn ein Wachsfigurenkabinet einen hohen Adel und geehrtes Publikum zur Besichtigung seiner höchst naturgetreuen Figuren einlud. Dazu kamen dann als etwas für uns höchst Interessantes die Mordgeschichtenbilder, die vor der Jesuitenkirche am Markte aufgestellt waren; der Besitzer erklärte in der Regel in kunstvoller Prosa die mit blutigen Farben gemalten Scenen, und seine Gattin, meist durch eine excentrische Stimme ausgezeichnet, gab in haarsträubenden Versen den Senf dazu. Diese „neuen Lieder" konnte man auch gedruckt erhalten und wenn wir im Besitze eines Düttchens waren, so kauften wir uns ein Exemplar und studirten emsig darin. Einzelnes ist mir noch im Gedächtniß geblieben. Es waren manchmal recht saubere Sachen darin, die wir damals zum Glück nicht verstanden. In keiner Literaturgeschichte, selbst in den umfangreichsten nicht, habe ich übrigens Etwas über diesen Zweig der poetischen National-Literatur gefunden, und doch würde ein Mann von Geist in diesen fliegenden und schnell verflogenen Blättern manches für die Charakteristik der Zeit wichtige Körnlein finden.

So gab es denn also in der lieben Vaterstadt nicht Vieles, was unsere Phantasie in lebhafte Thätigkeit hätte setzen können. Reisen zum Vergnügen und zur Belehrung wurden damals noch nicht unternommen, wenigstens nicht so allgemein wie heute; unsere deutsche Lectüre war ziemlich beschränkt, ich wüßte kaum, daß ich bis zum sechszehnten Jahre außer dem Robinson und Campe's trockenen Schilderungen fremder Länder Etwas gelesen hätte; große militairische Schauspiele gab es auch nicht; kurz unsere Phantasie lag ziemlich brach, nur die auf der Brahe still hinab gleitenden Kähne oder die hoch aufgethürmten Frachtwagen, die von gewaltigen, mit Schellen behängten Rossen langsam fortbewegt uns gleich wandelnden Häusern erschienen, nahmen unsere Gedanken bisweilen in die blaue Ferne mit."

Das ist heute anders geworden. Kähne ziehen auch heute noch auf der Brahe, aber jene hochbepackten Frachtwagen sind selten geworden, unabsehbare Güterzüge sind an ihre Stelle getreten. Heute steigt kein Drachen mehr auf in den Straßen der Stadt, Omnibus, Droschken und geschäftige Fußgänger nehmen sie ein. Der Wald der Danziger Chaussee ist eine Viertelmeile vor die Stadt zurückgewichen und „Unter den Linden" erheben sich stattliche Häuser und geschmackvolle Villa's. Der frühere dürre „Kanonenplatz" ist in eine Gartenanlage umgeschaffen, deren dichte Sträucher sich schön abheben von dem Hintergrunde freundlicher Häuser. Nur selten noch verirrt sich zur Jahrmarktszeit ein Drehorgelspieler mit seinen bildlichen Darstellungen „der schrecklichen Thaten des grausamen Räuberhauptmanns" zu uns, und Wachspuppen-Kabinete mit ihren naturgetreuen Figuren finden nur noch unter Dienstmädchen und deren kriegerischen Liebhabern ihr Publikum. Auch die Bromberg umgrenzenden Hügelketten haben zum Theil ihre Sandturnplätze mit grünenden Baumanlagen vertauscht, und weit hinaus schweift der Blick von der „Wißmannshöhe" über die häuserreiche, geschäftige Stadt bis an die duftig-blauen Wälder. Die ganze Stadt ist neu geworden, und wohin man blickt stehen Gebäude, die den letzten Jahren ihr Dasein verdanken. Die Regierung, die Post, die Bank, die Realschule, der Bahnhof, viele Privatgebäude würden in der Residenz ihren Platz ehrenvoll behaupten. Ernst wacht auf dem „Friedrichsplatz" des großen Königs ehernes Bild über seine Stadt, das ihm am 31. Mai 1862 „die dankbaren Bewohner des Netzgaues" weihten. Und wenn auch der Stadt jetzt der Schmuck vieler Thürme fehlt, den sie früher besaß, so wird auch hierfür hoffentlich die nächste Zukunft sorgen. Vor wenigen Tagen erst wurde der Aufbau der beiden Thürme auf der Kirche am Markt, die der furchtbare Sturm des 18. Juni 1848 auf den Markt herabschleuderte, von Neuem angeregt, hoffentlich mit günstigem Erfolge, und dann wird auch die neue evangelische Kirche, deren Bau in Bälde zu erwarten ist, die Stadt durch einen neuen Thurm schmücken. Wissenschaft und Kunst sind in Bromberg eingezogen und fördern an ihrem Theil die Gewerbe. Vor Allem ist es die Musik, die eine sorgsame Pflege findet. Zwei Gesangvereine für gemischten Chor und mehrere Männer-Gesangvereine wetteifern in der Vorführung größerer Musikwerke, und es mag die Aufführung von Händels „Josua" durch den Musikverein als ein Moment in der kulturgeschichtlichen Entwicklung Brombergs hier angemerkt werden. Es ist ein Zeichen ernsten Strebens auch in der Kunst, wenn die Aufführung eines solchen Werkes ohne auswärtige Kräfte hier möglich gemacht wird.

Überhaupt ist Bromberg die Stadt der Vereine. Es ließen sich mit leichter Mühe gegen vierzig Vereine, welche zur Zeit hier bestehen, aufzählen, und wenigstens ebenso viele sind seit dem Jahre 1848, das ganz besonders fruchtbringend in dieser Beziehung war, schon wieder eingegangen. Alles wird durch Vereine abgemacht, und es ist recht charakteristisch, daß sich im Jahre 1848 selbst Vereine zur Abschaffung und zur Wiederherstellung der — Franzbrödchen bildeten. Hiermit zusammen hängt der Hang der Bromberger nach Vergnügungen überhaupt, weshalb auch Bromberg nicht selten Klein-Paris oder Klein-Berlin genannt wird. Keine Stadt von gleicher Größe bietet an Bällen, Theater-Aufführungen, Concerten und anderen Unterhaltungen mehr, als Bromberg. Doch unterscheidet Bromberg hierin sich sehr bestimmt von größeren Städten z. B. von Wien. Der Wiener arbeitet einen Tag und sechs Tage genießt er, der Bromberger arbeitet sechs Tage und genießt den siebenten. Es hat die Freude des Genusses ihren Rückhalt an ernster Arbeit. Die Vereinigung der Thätigkeit und des Vergnügens ist es, was das Leben in Bromberg auch für den Fremden so angenehm macht. Fast jeder Fremder, der zum ersten Mal nach Bromberg kommt, fühlt sich angenehm enttäuscht. Und das hat einen eigenthümlichen Grund. Es herrschen nämlich in den westlichen Gegenden unseres deutschen Vaterlandes noch bis auf den heutigen Tag wundersame Vorstellungen über Bromberg und das Leben in dieser Stadt. Unwillkührlich verbinden unsere westlichen Landsleute mit den Namen Bromberg, daß sie sich mitten im barbarischen Polenlande gelegen denken, die Vorstellung von Bären und Wölfen, die in den Bromberg rings einschließenden Urwäldern leben und womöglich kleine Kinder aus den Straßen der Stadt rauben. Wer mit solchen Vorstellungen nach Bromberg kommt und statt der dichten Wälder lichte Höhen, statt der Bären und Wölfe Nachtigallen, statt unleserlicher und unaussprechbarer polnischer Schilder deutsche Namen findet, der wundert sich zuerst, sein Mißtrauen weicht bei dem herzlichen Empfang und er verläßt die bang betretene Stadt mit dem Bewußtsein, in der freundlichen Stadt fröhliche Stunden unter guten Menschen verlebt zu haben. Es bewährt sich täglich das Wort: Bromberg ist besser, als sein Ruf.

So mögen diese Umrisse das flüchtige Bild Brombergs und mit ihm die Reihe dieser Abhandlungen überhaupt schließen. Was am Anfange dieser Skizze ausgesprochen ist, sei hier am Ende wiederholt. Bromberg, des Glücks einer großen Vergangenheit entbehrend, muß seine Bedeutung von der Zukunft erwarten. Seine Gegenwart ist wohl geeignet, diese Erwartung zu einer sicheren und begründeten zu machen. Rüstig und unermüdlich schreite es fort auf der betretenen Bahn frischer Entwicklung, und reicher Lohn wird der Anstrengung nicht fehlen!